지역문학총서
28

극작가 박재성의 아내,

요시코의 편지

통영의 부둣가에 도착하는 나를 기다려 주세요

옮긴이 **김봉희**

1969년 경남 마산에서 태어났다.

경남대학교 국어국문학과를 거쳐 같은 대학원에서 「신고송 문학연구」로 박사학
위를 받았다. 1995년 『예술세계』 희곡 신인상을 받고 문단에 나왔으며, 1997년
대산문화재단에서 희곡 부문 문학인으로 수혜를 받았다.

주요 논문으로 「신고송 문학연구」, 「이일래 동요연구」, 「조희순의 문학연구」
등이 있으며, 저서로 『신고송문학전집』 1·2(소명출판, 2008), 『계급문학, 그
중심에 서서』(한국학술정보, 2009), 함께 낸 책으로 『파성 설창수 문학의 이해』
(경진출판, 2011)가 있다. 또한 창작 희곡집으로 『저녁전 계단 오르기』(평민사,
1998), 『너울너울 나비야』(예니, 2004), 『멀어지는 그대 뒷모습』(연극과인간,
2012)이 있다.

여러 편의 희곡과 오페라가 공연되었으며, 현재 경남대학교 교양융합대학 의사소
통교육 부교수로 재직 중이다.

극작가 박재성의 아내,
요시코의 편지

© 김봉희, 2021

1판 1쇄 인쇄_2021년 04월 10일
1판 1쇄 발행_2021년 04월 20일

지은이_테라오 요시코(寺尾芳子)
옮긴이_김봉희
펴낸이_양정섭

펴낸곳_경진출판
　　　　등록_제2010-000004호
　　　　이메일_mykyungjin@daum.net
　　　　사업장주소_서울특별시 금천구 시흥대로 57길(시흥동) 영광빌딩 203호
　　　　전화_070-7550-7776 **팩스**_02-806-7282

값 12,000원
ISBN 978-89-5996-814-5 03810

※ 본사와 저자의 허락 없이는 이 책의 일부 또는 전체의 무단 전재 및 복제, 인터넷 매체 유포를 금합니다.
※ 잘못된 책은 구입처에서 바꾸어 드립니다.

지역문학총서

28

극작가 박재성의 아내,

요시코의 편지

통영의 부둣가에 도착하는 나를 기다려 주세요

테라오 요시코(寺尾芳子) 지음

김봉희 옮김

통영문화협회 국문강습회기념(1945년 10월 14일)
원 안이 박재성

미륵산 용화사 앞 연못가 통영문화협회 회원(1945년 가을)
앞줄 왼쪽부터 정윤주, 옥치정, 김용오, 유치환, 전혁림, 정명윤
뒷줄 왼쪽부터 하태맘, 박재성, 최상한, 김춘수, 윤이상, 배종혁

1946년 작사한 가극 「불어라 봄바람」의 '갑순이의 탄식' 악보, 작곡은 정윤주

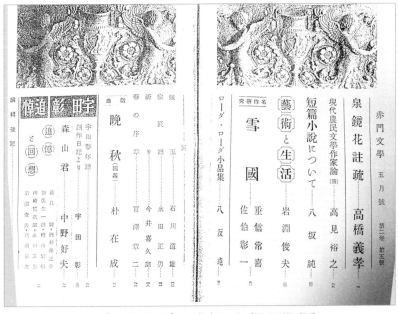

희곡 「만추」를 게재한 『적문문학』(1942년 5월호 표지와 차례)

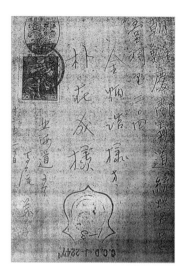

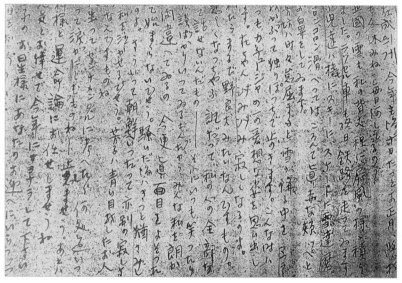

요시코의 편지(1946년 12월 20일)

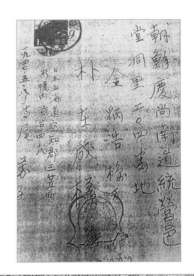

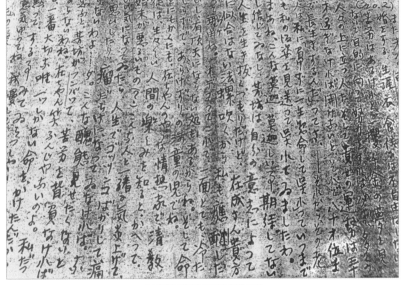

요시코의 편지(1947년 5월 8일)

처음으로 '박재성'이라는 이름을 접한 것은 1997년 여름 무렵이다. 갓 문단에 나온 햇병아리 작가인 나에게 술자리에서 어느 연출가가 내던진 말 속에 그가 있었다. 그러다 나는 그를 잊고 지냈다. 다음 해 봄, 언양으로 답사를 갔을 때, 박재성의 조카 박○○(박삼성의 아들)을 만났다. 당시 의사였던 그가 한 뭉치의 편지(127장)를 건네주었다. 그것이 바로 박재성의 아내 요시코의 편지였다. 오래된 편지 뭉치 사이로 삐져나온 활기찬 글씨체. 그녀가 요시코였다.

1936년 동경의 길상사 공원에서 처음 만난 박재성과 요시코. 둘은 서로 처음 만남에 호감을 가졌고, 이것은 부부의 연으로 이어졌다. 둘은 집안의 반대가 있었지만 서로 문학에 대한 열정만큼 사랑에 대한 열정을 키워갔다. 광복 전, 요시코는 박재성의 통영 고향집을 찾아 그곳에서 몇 달을 머물러 있으면서 그곳 가족들과 정식 가족 관계로 이어진 것으로 보인다. 광복 이후, 일본인 아내인 요시코는 자신의 나라로 건너가 박재성이 자신을 찾아와 주기만을 기다렸다.

마침내 1947년 여름, 교사생활을 하던 박재성은 방학을 맞아 밀선을 타고 요시코를 만나러 동경으로 갔다. 편지 속에서 그토록 기다렸던 재성을 만난 요시코는 얼마나 행복했을까? 하지만 그들의 사랑을 시기라고 하듯 다시 밀선을 타고 통영으로 돌아오던 중 그만 현해탄 부근에서 풍랑을 맞아 세상을 떠나고 말았다.

바로, 옮긴이가 번역한 편지가 그들이 떨어져 있을 당시인 1946년 가을에서 1947년 여름까지 요시코가 박재성에게 보낸 편지이다. 그녀는 박재성의 열렬한 문학의 지원자이자 뮤즈이기도 했다. 요시코는 그 당시 지식인답게 뛰어난 비유적 문체를 지니고 있으면서도 신비롭고 사랑스러운 여성의 마음을 담아내고 있다. 그리고 요시코는 자상한 여인이기도 했다. 재성의 문필에 응원을 하는가 하면 재성의 가족을 살뜰히 챙기기도 했다.

이 책에서는 그녀의 편지를 그녀의 일본에서의 행적을 따라 총 4묶음으로 엮어보았다. 요시코의 편지 1(동경에서), 요시코의 편지 2(북해도에서), 요시코의 편지 3(다시 동경에서)로 나누고, 요시코의 편지 4에서는 박재성의 동생인 박삼성에게 보낸 편지와 날짜 미상의 엽서들을 옮겨 놓았다.

이제, 그동안 잊혀졌던 박재성과 요시코의 사랑을 편지 속에서 꺼내 세상에 내보인다. 너무 오랜 시간 그들을 붙잡아두었다. 이런 나를 용서하기 바란다. 묵은 먼지를 털은 요시코의 편지는 요절한 극작가 박재성의 발자취를 보여줄 것이며, 그들의 애틋한 사랑까지 전해주리라 믿는다. 이 편지를 통해 최근 차가워진 한일 관계의 온난전선을 만들어주길 기대하면서 그들의 사랑을 펼쳐 보인다.

책이 나오기까지 미흡한 번역을 도와준 장미진 선생님과 응원을 아끼지 않은 주위의 많은 분들께 감사드린다. 출판사 경진 식구들에게도 감사하다. 무엇보다 학문의 길에서 지치지 않게 나태해지지 않게 일깨우고 다독거려 주신 스승 박태일에게 존경과 고마움의 인사를 드린다.

마지막으로 나의 창작과 학문의 원천인 아버지. 맡은 바 책임을 다하라 하시던 마지막 말씀. 끝까지 지키며 살겠습니다.

봄 햇살이 완연한 창가에서

차례

요시코의 편지 1

: 1946년 10월 1일~1946년 11월 1일 동경에서

1946년 10월 1일

재성에게

작년 10월 15일의 편지를 꽃이 필 때쯤 읽었던 것 같아요. 당신이 문학 공부를 계속 할 수 있게 되어 기쁨의 눈물을 흘려요. 재성, 당신의 편지를 받고, 난 생사를 건 고통에서 벗어났어요.

—재성 당신은 나의 영원한 빛이에요. 그리고 난 재성을 잊을 수가 없어요. 항상 당신만을 꿈꾸며, 나를 멋진 길로 안내해 주는 사람이에요.—

요즘 조선어 공부에 매진하고 있어요. 조선에 가서 취직도 할 거예요.

항상 행복하게 있어 줘요.

방자

1946년 10월 3일

재성에게

벌써 가을이네요. 외로움을 더 느끼는 계절이에요.

재성, 신께 기도합니다. 평생을 당신과 함께한다고. 같은 길을 걸어간다고.

재성에게

난 당신을 꿈속에서도 잊을 수 없네요. 조선으로 가겠습니다. 당신은 공부를 계속해 주세요. 당신을 통해서 내 인생의 고통을 씻어줄 길, 광명을 찾는 것입니다. 나에게는 고뇌가 있어요. 오로지 당신을 통해, 한줄기 희망을 찾습니다. 그리고 난 믿어요. 당신은 훌륭한 사람이에요.

재성에게

당신과 헤어져 얼마나 많은 경험과 공부를 했는지 알고 싶어요? 아마, 당신을 이해하지 못할 만큼 성장했다고 생각해요. 조선으로 가요. 기다려 주세요. 당신에게 방해물은 되지 않을 거예요. 안심해요. 모든 것은 당신 자유입니다.

당신이 작가로서 성공하는 것이 제 꿈입니다. 몸조심하면서, 공부하세요.

방자

1946년 10월 22일

재성 씨,

경마나 결투를 보러 나가 보았지만, 나의 외로움을 더할 뿐이었어요. 용서해줘요. 재성. 당신에게 몇 통의 엽서를 보낸 것을 후회하고 있어요. 부디 날 버리세요. 세상에는 더욱 더 멋진 여자가 많아요.

10년 전 뼈아픈 이별은, 당신을 공부시키고 싶었던 마음과, 논과 밭을 팔아서 학비를 보내고 싶었던 마음, 난 내 몸을 바쳐 당신을 작가로서 공부시키려는, 현실도 모르는 바보, 한심할 따름이네요.

재성, 재성, 도무지 다 써 내려갈 수가 없네요. 그때부터 흘린 눈물, 괴로움, 슬픔은… 난 바보예요. 난 죽도록 당신을 사랑해도, 목숨을 건 사랑을 해도 당신 곁에 있을 수가 없네요. 정신적으로 살아갈 수 없는 밑바닥 생활에 눈물과, 죽을 것 같은 슬픈 노력과, 잊으려고 해도 잊을 수 없는 당신에 향한 그리움이었습니다.

용서해요.

모든 게, 나의 괴로운 9년간, 양심을 잃지 않았던 것은 재성 당신이 나의 유일한 등불이었기 때문이에요. 언제나 항상, 조선에서 평생을 바쳐 살아가려고 생각하고 있어요. 그것이 멀리 떨어진 나의 유일한 한줄기 생각입니다. 9년 간 당신이 문학을 버리지 않고, 훌륭한 작가가 되는 것만을 신께 기도하고 있어요. 꿈에서나마 당신의 모습을 볼 수 있어서 슬프네요. 모든 게 거짓 같고, 내가 필요 없어진 거 같아져서, 불귀신 같은 마음으로, 7월 하순경에 이틀간, 마시지도 먹지도 않고, 동경의 엄마 곁으로 도망쳐 와 버렸어요.

엄마나 동생들과 자주 말다툼이 나요. 그러면 토시코는 날 감싸 줘요. 모두들 앞에서 울어버려서 죽을 만큼 괴로워요. (아무리 이야기해도 이해를 하지 않는 인간만큼 무서운 건 없다.) 이 모두가 내가 나빠서예요. 재성 때문이 아니니까, 부디 걱정 말아요.

　재성, 당신이 나에게 주는 모든 것은 순수해요! 아름다워요! 강한 것은 당신의 예술로 승화되어 멋진 창작으로 만들어 주세요. 나도 반드시 조선에 가서 무엇인가 내가 할 수 있는 일을 찾을 거랍니다.
　모두들에게 안부 전해 주세요.

방자

1946년 11월 1일

재성에게

지금 당장이라도 날아서 당신이 있는 곳으로 가고 싶습니다. 너무 내 처지가 골치가 아파서 가끔 아무 곳이라도 떠나고 싶은 심정입니다. 예전에는 하와이에 가서 서양화 공부를 해 보고 싶어졌는데, 김 상이 말려서 그만뒀어요. 그랬더니 숙부님이 갑자기 북해도 쪽으로 공무 일로 상경하셔서 뵙고 왔어요.

언제까지 여기에 머물지는 모르겠어요. 모르는 땅에 방황 해 보고 싶었고, 처해 있는 환경의 압박에서는 벗어났지만, 문득, 외로운 곳에서 조용히 생각에 잠기거나 독서를 하거나 해요.

부디 제 걱정은 마시고, 공부에 전념하세요. 당신은 훌륭한 작가가 되지 않으면 안 됩니다. 불멸의 창작을 이 지구 상에 남기지 않으면 안 됩니다.

재성 당신은 나의 정열, 순정, 진심, 목숨, 이 모든 것들을 문학으로 쏟아 주세요. 잊지 마세요. 당신의 영원한 계관이야 말로, 나의 꺼지지 않는 등불인 것입니다.

방자

편지는 타찌카와의 엄마가 있는 곳으로 보내 주세요. 빠른 시일 내에, 당신이 있는 곳으로 갈 준비를 할 거예요. 기다려 주세요. 오늘은 왠지 많은 돈이 갖고 싶어졌어요. 역시 난 돈보다도 행복을 더 좋아해요. 당신을 만날 때까지는 돈 때문에 마음을 악마에게 팔 생각은 없습니다.

이런 나를 주위 사람들은 바보라고 해요. 이상이야, 순수한 이성이야, 라고 잠꼬대를 다 했네요. 냉엄한 현실의 생활에서 내일을 살기 위해 혼자서 헤쳐 나갈 수밖에 없네요.

이런 날, 꾸짖어도, 화를 내도, 난 그저 눈물을 지을 뿐 가끔 죽고 싶은 마음만 드네요. 그래서 신과 같은 사랑의 경지로 엄마와 형제들을 두고, 항상 아름다운 추억만 가지고….

고독한 운명인 걸요. 문득 쓸쓸한 인생이 한탄만 할 뿐….

더욱 더 청량하고 아름다운 인생에 외톨이 같네요. 내가 좋아하는 조선 땅에서, 추억에 울면서 생을 다하고 싶어요.

오늘은 아침부터 삼성과 양성이 그리워지네요. 정원을 거닐던 때, 노래를 불렀을 때를 우두커니 2층에서 생각에 잠겨 있어요. 이제 돌아가고 싶어요. 우리 모두 옛날처럼 웃고 떠들던 시절로 다시 돌아가고 싶어요. 더욱 더 쓸쓸해지는군요. 모두에게 보고 싶다고 전해줘요.

또 만나요.

요시코의 편지 2

: 1946년 11월 9일~1947년 5월 28일 북해도에서

1946년 11월 9일

재성에게

재성 난 갑자기 상경한 숙부와 함께 북해도에 와 있어요. 쓰가루해협을 작은 연락선을 타고, 어릴 때 오고 23년 만의 북해도 여행입니다. 나는 갑판에 나와 갈매기와 바다를 바라봤을 때, 당신과 함께한 추억이 떠올라 너무 슬퍼졌어요.

어렸을 적 나를 길러주셨던 할머니와 할아버지. 할아버지는 3년 전 봄에 돌아가셨어요. 할머니는 매일 고양이와 스토브 옆에서 지내고 계세요. 할머니는 "재성의 얼굴이 확실히 기억이 나지 않아." 하시면서….

할머니와 함께 막연히, 공허한 마음으로 매일을 보내고 있어요. 때때로 클로버 고원의 낙엽송 숲을 거닐며, 홀로 북해도의 산들 앞에, 망상과 추억에 눈물을 흘리고 왔어요. 난 지금 북해도 땅에서 파랑새를 찾으며 방황하는 보헤미안일지도 모릅니다. 이제 쓸데없는 말은 그만할게요.

또 다시 만날 날을 기다리겠습니다. 재성, 먼 북해도에서 달님께 당신의 건강과 행복을 빕니다.

방자

삼성, 양성에게는 양말과 와인을…
당신에게는 책을…, 여러 가지 필요한 것들을.
누님들께는 아름다운 보석 반지를.
선물과 함께 나도 같이 가고 싶어요.
현실이 달님 세계가 되면 좋겠어요.
그렇지만, 냉엄한 현실이네요.

1946년 11월 12일

재성에게

오늘도 물 흐르듯, 조용히 북쪽의 고원에서 하루를 보내고 있어요. 난 클로버고원으로 향했어요. 석양은 벌써 서쪽 산자락 끝으로 사라지고, 고원의 초등학교에서는 로렐라이의 곡이 오르간 소리와 함께 흘러나왔어요. 난 너무 황홀해서 어두워지는 산들을 바라보며 재성 당신만을 생각하고 있었습니다.

어쩜, 자연은 이렇게 아름다운 것일까요? 원시의 소박함을 동경하며 멍하니 서 있었습니다.

요시코는 지금은 동경의 엄마에게도, 형제들에게도, 모든 문학적 비난을 피해 북해도에서 독선적·맹목적인 다정한 할머니 곁에서 지치고 상처 받은 날개를 쉬게 하고 있어요. 그러나 할머니의 다정한 사랑도, 자연의 아름다움도, 작은 새의 외로움을 달래주기에는 역부족이네요. 어서 빨리 날개를 활짝 펴서 현 세계에서 벗어나 당신이 있는 고향으로 돌아가고 싶은 마음뿐입니다. 예술적 이해와 상식은 모두 나의 순수한 염원인 것입니다.

재성,

분명히, 거기는 환희로 가득한 경지가 있을 거예요. 그리고 내가 찾고 있는 파랑새도 있겠지요.

재성, 고원의 학교를 다니면서 다정한 선생님이 되고 싶은 꿈을 가지게 됐어요.

부디 멋지고 훌륭한 작가가 되세요. 현재의 경험을 살려서 정열적인 감정으로 최선을 다해 주세요. 영원한 빛을 향해 순수한 작가로서 있어 주세요.

북해도에서 방자가

1946년 12월 1일

　영원한 등불인 재성에게

　북쪽의 밤은 너무 조용해서 적막하고 외롭습니다. 스토
브 불은 내 정열처럼 소리를 내며 새빨갛게 타오르고 있어
요. 동경을 떠나 은색의 눈으로 덮인 산과 이야기를 나눈
지 벌써 한 달이나 됐네요. 대부분 독서나 사색으로 하루하
루를 보내고 있지만, 당신 생각만 깊어져 외롭고 쓸쓸한
마음만이 듭니다. 당신과 헤어지고 10년, 신만이 당신과
해후의 기회를 주시겠지요. 평생을 비원하고 있는 나인
데… 정말 잔혹한 운명이에요.

　재성 영원한 사랑은 반드시 있다고 믿어요. 난 옛날 사
랑은 제약이 있었다면 이번에는 결코 그렇지 않을 것이라
고 생각해요. 자유롭게 더욱 더 아름답고 강한 사랑일 테

니까요.

　재성에게
　초겨울의 북해도.
　지나가 버린 세월을 몇 번이나 산책을 통해 나를 위로해
주었습니다. 높은 산들, 낙엽송 숲속의 클로버, 은색의 눈
에 묻혀서 지금은 회색의 하늘과 하얀 땅뿐입니다.
　눈길에는 '뽀드득 뽀드득' 워낭소리를 내는 마차가 다니
고 있습니다. 창문에는 녹아내린 투명한 고드름이 매달려
있습니다. 나는 북쪽의 겨울을 이렇게 실내에서 스토브를
친구삼아 지내고 있습니다. 북쪽의 겨울을 모르는 나는 상
당히 지루하고 외로울 따름입니다.

　재성 씨, 요즘 발작크의 『가정의 평화』, 『오노리느』를
읽고, 지금은 체호프의 『아내의 편지』를 읽고 있어요. 그리
고 감격하고 있습니다. 정말 편지 같군요.
　어제는 할아버지의 기일―나를 죽는 마지막까지 사랑해
주신 할아버지

나는 냉엄한 현실을 잘 알지 못합니다. 아무 것도 입지 않은 세공된 상아인형처럼 먹는 것, 입는 것, 집 없는 것, 일하는 것의 소중함을 모른 채 자랐습니다. 저는 세상 물정 모르는 철부지이지만 당신께 줄 수 있는 것은 순수한 마음 뿐입니다.

가끔 조용히, 조용히 나 자신을 되돌아볼 때, 내 존재가 슬퍼집니다.

재성. 당신에게 나는 앞으로 어떤 인생의 기로를 안겨 줄지, 부담을 줘서 문학 공부를 방해할지도 모른다고 생각 하면 평생 당신을 못 볼 것 같아요. 이런 슬픈 말을 해서 미안합니다.

통영의 부둣가에 도착하는 나를 기다려 주세요. 지금은 고뇌하지만, 희망을 가지고 계속 기다리겠습니다. 나는 당 신을 위대한 작가로 만들지 않으면 안 됩니다. 진심으로 사랑하는 마음을 품고, 인생의 눈보라도 갈림길도 힘차게 헤쳐 나아갈 것입니다.

내가 가장 좋아하는 멋진 오빠에게도 안부 전해 주세요.

상냥하고 사랑스런 친구 모두에게도 부탁드려요.

사랑하는 재성. 건강을 챙기면서 공부하길 기원합니다.

－방자－

1946년 12월 5일

재성 씨.

마음 착한 친구 토시코가 행복한 봉투를 전달해줬습니다. 나는 당신에게서 온 편지를 받고 할머니에게 매달려 펑펑 울었더니 모두가 웃어 버렸습니다.

재성, 당신은 어쩜 이렇게 좋은 사람인가요? 그리고 전 어째서 당신을 이렇게 좋아하게 되어 버린 걸까요? 재성, 원고지용 잉크가 있어서 사 두었습니다. 프랑스어 책은 될 수 있는 한, 찾아 놓겠습니다. 저는 지금 아무도 없는 생활에 너무 힘듭니다. 왠지 슬프군요. 그래서 나는 지금 동경으로 돌아가 취직이라도 하고 싶을 따름입니다.

눈물이 날 만큼 그립지만, 나 때문에 당신이나 오빠께

경제적 부담을 끼쳐 비참한 현실을 보여 드리는 건 슬픈 일입니다. 평생의 꿈을 저로 인해 산산이 조각내고 싶진 않습니다. 혼자서 어떻게 할지 생각하고 있는 중입니다. 당신한테 걱정을 끼치는 말만 했군요.

재성, 당신은 앞으로 당신 자신의 생활만 생각해 주세요. 반드시 잘 될 거예요. 어떤 고난이 있어도요. 믿어 주세요. 만날 날을 생각하면 감격해서 숨이 멎을 것 같네요.

건강 유의하시고, 또 편지할게요.

재성, 나는 꿈에서라도 내 사랑 전부를 이야기하고 싶어요. 그리고 당신을 다정하게 어루만지며 살아가는 아내. 아기처럼 거짓 없는 아름다운 진실의 세계에서 살고 싶어요. 노래 부르고 싶을 때는 노래 부를 수 있고, 웃고 싶을 때 웃을 수 있고, 이야기하고 싶을 때 이야기할 수 있고, 울고 싶을 때 울 수 있는 생활을 하고 싶어요.

두꺼운 동화 페이지를 넘기듯, 매일 예쁜 마음만이 쌓이길 기원합니다. 나는 믿습니다. 가난도 고난도 두렵지 않습니다. 10년이라는 긴 세월 동안 서로의 고뇌와 역경은 결코 헛되지 않다고 생각합니다. 이 귀한 시련이야말로 예술의 생명이 되는 원동력이라고 생각합니다.

재성, 십 년의 순수한 열정이야말로, 당신의 위대한 걸작의 힘이 될 거라고 믿어요. 나는 당신이 있어 지금의 내가 있다고 생각합니다. 진실이라는 것은 선과 악, 아름다움과 추함을 판단을 할 수 있는 것입니다. 신의 이름으로 맹세합니다. 재성 당신께, 당신의 문학에 나의 일생을 바치겠노라고….

당신과 만날 때까지 당신의 건강과 공부를 기원하면서.

―방자―

1946년 12월 8일

　재성 씨.

　오늘 북쪽의 일본은 맑고 쾌청해요. 태양은 반짝반짝 은색의 모래에 반사된 은령이 여러 개의 그림자로 아주 유유히 빛나는 모습이 정말 아름다워요. —우리들의 희망처럼.

　까마귀가 '까악까악' 울면서 내 머리 위를 날고 있어요. 나는 눈을 밟으며 멍하니 당신을 생각하면서 걷고 있습니다.

　재성의 한 통의 봉서와 한 통의 엽서, 정말, 감동도 감격도 없군요. 재성은 달과 별을 보는 것을 잊었나요? 미라 씨의 눈은 지금도 빛나고 있겠죠? 요즘 선생님은 어떠신가요? 바쁜가요? 수국 꽃이 피고 금붕어가 사는 작은 연못이 있는 언니 집?

재성, 내가 없어서 외로우면, 해가 안 될 정도의 술을 드세요. 사랑하는 사람이 있으면 사랑도 하세요. 이 모든 사람들과의 경험은 작품의 생명이 되니까요. 자유로운 생활을 하세요.

재성, 결코 고생과 가난에 속박되어서는 안 돼요. 당신은 훌륭한 작가가 될 테니까요. 아무쪼록 다시 재회할 날까지 내 기대를 저버리지 않도록 신께 기도드립니다.

나의 재성, 언제까지나 변함없는 순수한 당신으로 있어 줘요. 세기의 여명에 환희합시다.

ㅡ방자ㅡ

1946년 12월 20일

재성에게.

올해도 10일 후면 정월. 이제 곧 겨울방학이네요. 매일 무엇을 하고 지내나요? 북쪽의 눈도 내 키만큼 쌓였어요. 러셀도 겨울의 철길을 달리고 있어요. 아이들은 썰매, 스키, 스케이트, 눈사람. 연신 데굴데굴 미끄러지고 넘어져 빨갛게 된 뺨과 코를 하고 있어요.

방자는 가끔 지루할 때면, 내리는 눈 속을 머플러만 한 채 혼자만의 시간을 보내곤 합니다. 이럴 때는 항상 카추샤의 애교 부리는 모습을 떠올립니다.

재성, 가슴속 깊이 외롭군요. 나는 마치 들개인 것 같아요. 외롭게 되면 누구라도 자신의 마음 전부를 다 말할 수는 없는 법. 게다가 내가 웃으며 농담만 하고 있으니 모두들 나를 밝은 줄 착각하고 있네요. 지금 와서 진짜 모습을 보이진 못하겠죠. 소란을 피우면 필시, 더욱 더 알아차리겠죠. 그렇게 되면 조선은 또 다른 쓸쓸함으로 나를 울리겠죠? 방자는 파란 눈을 남긴 사람이 되는 걸까요? 인생을 센티멘털로 생각하면 왜 이렇게 눈물이 나는 걸까요? 멈추질 않네요. 신과 운명론으로 책임을 맡겨야 하나요.

건강히 행복하게 올해를 마무리하길 바랍니다. 방자는 별님께 당신을 만날 날을 빌어 봅니다.

모두들에게 안부를 전해 주세요.

－방자－

재성, 내가 돌아가는 날을 당신은 틀림없이 기다려 주실 거라 믿습니다. 미안해요. 나는 지금 당장 당신이 보고 싶지만 여러 가지를 생각하면 당신의 현재 사정을 모르고, 내 처지를 알릴 수도 없고, 내 자신의 가치도 뼈저리게 느끼고 있고, 반드시 혼자서 이겨낼 생각. 게다가 당신이 나를 맞이하러 올 수 없는 사정도 잘 알고, 나의 엄마 쪽 가족은 인간미 없는 사람들뿐이니까요. 필시 당신이 있었으면 환영해 줄 거라고 생각합니다.

지금은 아버지께서 타계해 안 계시고, 세상물정을 잘 모르시는 자유주의 어머니뿐이므로, 정말 우리 형제자매들은 운이 좋은 사람들입니다. 인간은 정신적으로 살아가는 것이 가장 행복한 법이죠.

저기, 재성. 내게 아버지가 계셨으면 당신 옆에는 없었을지도 몰라요. 난 하루라도 빨리 만나고 싶지만 참아야겠죠.

정열적인 유성 오빠를 고생시킬 수는 없는 걸요. 세계 제일의 행복을 신께 빌어 봐요. 난 당신이 마중하러 올 때까지 조금씩이라도 영리해져 있을 테니까요.

봄이 오는 날까지는 데리러와 줘요. 늘 행복하세요. 유성 오빠께 안부 전해 주세요.

—방자—

1946년 12월 30일

나의 재성 10월 30일 no.1 엽서, 11월 5일자 엽서와 편지를 함께 토시코가 전해 줬습니다. '맑고 깨끗한 가슴으로 보내는 순정의 당신께'라고 북쪽으로 회송해 주었습니다. 토시코는 춥고 먼 곳에 있는 나에게 예수님께서 은혜와 은총을 주셨다고 말했습니다. 나는 남의 눈은 의식하지 않은 채 할머니 품에 안겨 한참을 소리 내어 계속 울었습니다.

오늘은 물 한 모금도 넘길 수가 없었습니다. 나의 유일한 위로는 당신의 상냥함에 흘리는 순수한 눈물뿐입니다. 정신이 나갈 듯이 울어서 눈이 퉁퉁 부어 있었습니다. 멋진 당신과 비교하면 나 자신은 너무나도 초라하군요. 용서해 주세요. 용서해줘, 재성……

나는 조선으로 돌아간 후 당신의 고생을 잘 알고 있습니다. 또, 재성 당신에게 어떤 마음가짐을 가지고 작가의 부인이 되어야 하는지, 고난의 길을 훌륭하게 이겨내야 한다는 것도 잘 알고 있습니다.

나의 10년째 내면의 투쟁은 입과 붓으로는 표현이 다 안 될 만큼 피투성이만 남아 버렸습니다. 그리고 더욱 더 결심했습니다. 지금 나는 신념적인 사람입니다. 현재의 나를 누구의 어둠 따위로 만들 수는 없으니까요.

나의 재성, 설령 하루밖에 살 수 없다 해도 그 생명을 걸고서라도 당신이 있는 겨울로 가고 싶은 심정입니다. 믿어 주세요. 그리고 요시코의 성장 이야기를 들어주세요.

조선에 가서 고난의 생활은 난 잘 모릅니다. 나는 일본인입니다. 당신이 힘든 생활을 할 때, 난 반부르주아처럼 세상물정 모르고 편안히 자랐습니다. 일본이 조선에 한 사실을 이제야 확실히 알아 버린 겁니다. 당신을 십 년하고도 하루나 괴롭혔다는 것도 나를 약하게 만드는 이유입니다. 나는 진심을 갖고, 사랑하는 마음으로 나의 진정을 알아줄 때까지 독설에도 구타에도 견뎌낼 것입니다. 그것이 적으나마 나 같은 바보의 속죄인 것입니다.

위대한 작가 재성의 부인으로서의 자격이 고통이라면 극복할 것입니다. 방자는 더욱 더 당신과 함께 공부해서 인간적인 진지를 도모하지 않으면 안 됩니다. 그리고 나의 예술로의 동경도 순수한 열정도 모두 당신의 작품에 생명을 주지 않으면 안 됩니다. 사랑하는 재성 나는 당신을 믿어요. 누가 뭐라 해도 난 견뎌낼 수 있어요.

게다가 우리들의 행복한 고통은 크면 클수록 위대한 사랑에 대한 보답이 있을 거라고 난 믿습니다.

재성 나를 믿고, 건강 생각하면서 공부하세요.

또, 편지할게요.

－방자－

1947년 1월 15일

나의 재성.

어떻게 지내나요?

요시코(방자)는 2~3일 동안 감기에 걸려 목의 임파선이 부어서 방에 누워만 있었어요. 창밖에는 눈의 정령들만 난무. 나의 뇌는 열과 둔통과 사랑하는 당신 모습의 환영으로 가득…….

나의 할머니랑 주위 사람들은 내가 밥을 먹지 않거나, 건강을 말하거나 하면 "나쁜 병"이라고만 말하고 모두 대수롭지 않게 생각하는 것 같아요. 그리고 "애잔하구나, 에고 안타까워"라는 말뿐이에요…….

이럴 때 "그렇지 않아."라고 반항하지만, 병상에서는 휴식보단 슬픔으로 더욱 더 지쳐 버리는군요. 아~ 언제가 돼야 사랑하는 작가에게 갈 수 있을까요? 그리고 옛날이야기를 하거나 사랑을 나눌 수 있는 걸까요? 너무 싫다 싫어. 이런 인생 따위 살아가는 것이 지루해.

또, 당신에게 쓸데없는 말을 해 버렸네요. 아파서 그런가 봐요. 이해해줘요.

아~ 또 열이 나는 것 같네요. 머릿속이 텅 빈 것 같네요.

이만 펜을 놓을게요. 답장 주세요. 그리고 나를 잊지 말아 주세요.

사랑하는 작가의 건강과 행복을 빕니다.

1947년 2월 1일

사랑하는 나의 작가,

부부로서 1년 행복했던가요?

어제 아침에 병원에 다녀와서 놀러온 사촌 누이동생과 함께 웃기도 하고 노래를 부르기도 했어요. 내가 좋아하는 베니스의 '선창'이랑 '아리랑 고개' 노래를 불렀는데, 그만 울어 버려서 모두가 웃어 버렸습니다.

오후부터 열이 나서 어젯밤은 일찍 누웠지만 어쩐 일인지 내 머리 가득 당신 어머니의 모습과 추억들로 잠을 이룰 수 없었어요.

나에게는 재성, 당신 어머니는 당신 이상으로 또렷한 영상들로 잊을 수가 없네요. 좋아하고 사랑하는 분이라서 그런가 봅니다. 그리운 고향, 통영의 집에서 항상 흰옷에 살

찌고 큰 몸을 싸서 마음과 마음만으로, 왠지 모를 피의 따뜻한 흐름을 계속 느끼면서, 미소를 짓고 있는 모습. 회상하고 또 회상했어요. 얼마 안 되는 시간을…… 떠올리곤 했습니다.

온화하고 상냥한 그리운 어머니. 나는 돌아가셨다는 것이 믿기지 않아요. 항상 삼성과 장난치고 다툼을 해서 안마당을 뱅글뱅글 돌게 하기도 하셨죠. 그 모습을 보신 어머니는 큰 몸을 흔들면서 웃으시곤 하셨죠. 지금도 그 모습이 생생하고 또렷하게 어머님의 모습이 떠오르는군요.

이런 어머님께서 돌아가셨다는 것을 의식해야 할 때마다 슬프고 슬퍼서 눈물이 흐릅니다.

방자는 불효자예요. 못난 여자예요. 왜 어째서 어머님의 병환일 때, 딱 하루만이라도 두 손으로 어머님의 아픈 가슴을 어루만져 드리지 못했을까요? 그 사실을 정말 몰랐었다는 나 자신을 책망하고 용서할 수 없는 마음뿐입니다. 일찍이 아버님과 사별하신 어머님에겐 얼마나 많은 고난의 일들이 있으셨을까요? 그런데도 불구하고, 삼성의 성장도 재성의 성장도 세기의 여명도 보시지 못하고 이렇게 일찍 돌아가시다니…… 아!! 어머님~ 살아 계셨다면 얼마나 좋을까요. 너무 슬퍼요.

나는 지금 돌아가서 "어머님, 다녀왔습니다."라고 하면, 어머님께서는 다정한 손으로 쓰다듬어 주셨을 텐데… 미안해요. 미안합니다. 재성 어머님과 요시코의 어머니, 두 분의 마음은 똑같은 법이에요. 그것에는 아무런 차이도 없는 것이죠. 요시코의 오빠, 통영의 형제들, 모두에게서 오는 애정과 예의가 아닐까요.

재성의 어머님은 요시코의 어머님이기도 합니다. 재성의 형제들은 요시코의 형제들. 나쁜 짓을 하면 꾸지람도 듣고, 맞아도 좋습니다. 솔직한 아이구나. 편안한 마음으로 여동생으로서 사랑해 준다면… 얼마나 기쁠까요?

재성의 남동생. 나와 삼성이 다퉈도 되나요? 역시 누나로서 순수한 마음과 마음으로 결합이 있으면 기쁠 때도 슬플 때도 함께하는 법이죠. 이런 희망을 저버린다면. 당신의 애정에 악의가 없어도 나는 부모, 여동생, 남동생과 떨어져 혼자의 몸이 된다면. 이국땅에 평생을 살아야 되는 나는 어떤 비애를 느끼게 되는 걸까요.

주위의 언어, 풍습이 다른 환경에 얼마만큼 피나는 외로움에 자기를 가둬야 되는 걸까요?

아무쪼록 부탁해요. 모두들에게 나한테 심정을 전해 주세요. 에트랑제(이방인)인 요시코에게 모두의 진심어린 따뜻한 애정은 유일한 격려와 든든한 나의 편이 되는 것이라고. 일본이고, 조선이고, 그딴 것은 상관없어요.

별로 상관없다고 생각합니다. 10년 전 나라면, 큰 늑대에게 먹힌 양의 마음처럼 분별없이 다른 사람을 의심하는 일도 몰랐었을 겁니다. 하지만 지금은 조금 냉엄한 현실을 알고, 사람의 겉과 속을 구별할 수 있을 만큼 사리분별은 할 수 있어요. 하지만 외로움도 많이 느끼게 되었습니다.

마음의 고향, 통영에 계시는 유성 오빠, 양성, 삼성, 언니들, 모두 모두가 나의 지나가는 인상에는 아름답고 따뜻하고, 가슴속 깊이 느끼고 있습니다. 그리고 지금도 좋은 사람만 있을 거라고 굳게 믿고 있어요.

가끔 그리운 추억을 할머니, 어머니, 언니들에게 이야기를 들려주곤 한답니다. 아~ 아~ 하루 빨리 재성과 모두들을 만나고 싶어요. 그러나 아직은 돌아갈 수 없네요. 모든 준비가 될 때까지는… 그리고 조선에 도착할 때까지 짐 싸는 것과 자기 자신의 마음가짐도 허물도 가꾸지 않으면 안 됩니다. 재성. 그렇지 않으면, 그리운 모두로부터의 후의를 위반하게 됩니다.

사랑하는 재성 아무쪼록 모두들에게도 안부 전해 주세요. 건강하세요.

방자

1947년 2월 6일

실내에는 "복은 집안으로"라고 말하면서 콩을 뿌리고, 실외에는 "악귀(도깨비)는 밖으로", "도깨비의 눈알을 뽑아 버려."라고 외치는 거죠. 그리고 자기 나이만큼 콩을 먹는 거예요. 난 나이를 먹는 게 싫으니까 20개의 콩알만 먹고는 그만뒀어요. 웃지 말아요. 재성.

그리고 그 다음은 점심밥을 먹고 할머니께 용돈을 받고, 이치가와 우타에몬의 '창춤 53차'라는 영화를 보러 갔어요. 상투(총마게)와 두 자루의 검을 든 무사가 등장했지만, 옛날 영화처럼 억지로 충성을 강요하는 것이 아니고, 봉건적 무사 집안인 인간의 자유도 권리도 없었던 진상의 일부분을 신분이 낮은 인부가 창을 들고, 사랑과 익살 등을 잘 넣어 폭로한, 명랑한 영화였어요. 일본 영화도 최근에는 시대의 영향을 받아 암울한 것은 없습니다. 그렇지만 미국 영화나 소련 영화처럼 아직까지는 앞길이 멀게만 느껴지는군요.

나는 가끔 재성이 멋진 시나리오를 써서 주었으면 하는 바람입니다. 다음은 무엇을 알려드릴까요? 부끄러워 작은 목소리로 이야기할게요. 나, 어제 할머니랑 같이 잤어요. 매일 밤 항상 당신의 편지를 베개 밑에 두고 가슴에 양손을 모으고 말이죠. 그런데 새벽에는 어린 아이처럼 할머니에게 안겨 자 버렸지 뭐예요. 할머니는 살포시 내 발을 따뜻하게 해 주시려고 나를 안아 주셨습니다. 할머니의 편안한 품에서 깬 나는 이상하게 갑자기 웃기 시작했어요. 완전히 절분의 날에 콩을 적게 먹어서 어린아이처럼 지금 와서 엄마의 젖을 그리워하는 방자. 정말 이상한 놈이라고 생각했어요. 이런 나를 평생의 반려자가 된 재성은 정말 힘들게 됐어요.

사랑하는 나의 재성 일본도 봄이에요. 조선도 봄이죠. 요시코가 좋아하는 봄노래를 부르며 오늘 편지는 안녕할게요.

"봄, 봄 기쁘다. 봄 즐겁다. 또각또각 구두 소리, 말굽

소리 봄의 기쁨을 실고 온다."

금의 포장마차. 꽃마차 (당신의 지상의 신께) 홍홍홍 웃
지요.

1947년 2월 8일

　나의 재성 오늘은 회색빛의 하늘. 기온은 또 내려갔어요. 아침부터 우체부를 기다려도 오늘도 편지는 오지 않는군요. 요시코는 우울해요. 나는 벌써 백 장 가까이 엽서를 당신께 보냈었는데… 재성은 게을러서 나에게 편지를 쓰지 않는 거죠? 여자의 주기적인 생리현상일지도 모르지만, 2~3일은 제멋대로인 아이처럼 재성을 보고 싶어 죽어 버릴 것 같아요.

　무정하게 뇌에 고장이라도 일어난 건가요? 아니면 너무 많아서 걱정이라도 하고 있나요? 아이가 하는 걱정은 잔소리에 지나지 않는 건가요.

　나의 사랑하는 재성. 방자를 너무 느긋하게 방치해 두면, 사나운 여자가 돼서 무슨 일을 할지 몰라요. 그리고 당신이 알아 차렸을 때는 머나먼 늪에서 울고 있을지도 몰라요. 당신에게는 아이 같은 행동을 하지 않으면, 이해해 주지 않을 것이라고 생각해요.

아이의 성장 과정에는 때로는 불순종으로 파괴적인 것은 있지만, 내가 발견한 것은 자신감을 느낄 때마다 아이는 시험하고 싶어 하기 때문이죠. 그것은 재성이 요시코의 성장을 바로 옆에서 지켜봤을 때에는 적어도 엉망진창 코스에 지나지 않는 길이지만, 아이가 나쁜 쪽으로 향한다고 생각하거나 어른의 기준에서 생각하는 것은 불합리하다고 생각해요.

나의 재성.

요시코의 인생의 실수에 대해서 부디 관례적 도덕이나 사회적인 권위를 가지고 벌하지 말아 주세요. 내가 한 행위의 현상만 보지 말고, 무섭게 흥분하거나 화를 내는 일은 요시코의 성장에는 조금도 도움이 안 된다는 것을 알아 주세요.

인생의 사실에 대해서도. 아이 때는 역시 한 개 이상의 것은 받아들일 수가 없는 법입니다.

재성. 건방진 당신의 작은 아이를 용서해줘요. 그리고 미안합니다. 사랑하는 남편. 부디, 당신의 사랑스럽고 유치한 부인에게 스파르타식 교육을 하지 말아 주세요. 실수 없이 관찰해서 방자를 항상 봄날처럼 부드럽고 따뜻한 마음으로 순수하고 영리한 재성의 부인으로 교육해줘요. 그것은 당신의 인생에서 더욱 더 큰 행복으로 다가올 테니까요. 그렇게 생각이 들지 않나요. 재성. 나의 박 선생님 항상 건강하고 행복하세요.

1947년 2월 8일
당신의 영원한 아이

(추신) 나의 상사병은 낫지 않지만, 감기는 매우 좋아졌어요. 가끔 콜록콜록 하는 정도이지만요. 아무쪼록 걱정하지 마세요. 구체적인 귀선(돌아가는 배)은 통지하지 않고, 재미없는 편지만 쓰고 있지만, 요시코는 요시코 나름대로 생각하고 있으니까. 안심하세요. 그렇지만, 혼자 돌아가는 것은 조금 겁은 나네요. 재성 같이 갈 거지요.

1947년 2월 9일

"…힘껏…했지만 빨리 마이코와의 문제를 해결을 하지 않으면, 숙부님 '천장을 바라보며 혼잣말을 하는 것처럼' 이상한 놈이야! 이상한 놈이야"라고, "뭐가?", "그렇지요. 숙부님 남자든 여자든 결혼을 하거나 가정을 가지거나 하면, 유형무형일 동안 속박 당하는데, 이런 나 같은 외톨이일 때는 더욱 더 자유롭게 즐기면 될 텐데…. 역시 어떤 이성적인 사람이라도 사랑이라는 것이 없으면 살아갈 수 없는 법인가요?"라고 하자, 숙부는 "그런 법이지"라고 답했어요.

훌륭하고 진지적인 애인과 사귀고 있는 49살의 숙부에게 전 지고 말았네요. 그렇지만 '노인이 되어도 멋진 연애를 할 수 있다', '젊은 인간은 그렇게 해도 되진 않을까'라고 생각하지만, 혹여, 아름다운 사람을 보고 사랑에 빠지지 않는다면, 예술가가 아니라는 생각이 드는군요. 필시, 재성은 로망스로 가득 차 있겠죠. 있어도 돼요. 부끄러워 말아요.

난 기대하고 있어요. 요시코 같은 멍청이라도. 재성에게 준 정열은 또 다시 그 누구에게도 줄 수 없어요.

당신에게 사랑은 평생 아름다운 단 하나의 환영이어도…… 사랑……

1947년 2월 11일

　나의 재성, 오늘 날씨 근황은 봄 눈보라. 사모님의 날씨는 편지를 쓰지 않기 때문에 심술궂은 저기압. 오랜만에 입욕해서 상쾌함—화장하고 머리를 조선 옷에 걸맞도록 묶고, 향수를 뿌리고, 술 한 잔을 걸치고 있어요. 나의 재성 잠깐 상상해 보세요. 호호호……

　불량 노년의 숙부는 삿뽀로에 출장 겸 놀러가셔서 부재 중. 할머니도 숙모도 쉬었습니다. 고양이 시로 군은 여자 친구를 불러서 야옹 뒹굴뒹굴 야~옹 행차 중. 난 스토브에 등을 기대고 집으로 보낼 일기를 쓰고 있어요.

　재성, 방자는 할머니에게 '아침 얼굴'이라는 별명을 지어 받았어요. 그것은 아침에 기운차게 싱글벙글 웃고, 확 잠을 깨운다고, 낮부터 "재성으로부터 오늘도 편지는 없어"라는 말을 듣고는 기운이 없어져 버렸어요. 모두가, 모두가 당신 탓이에요. 그리도 지금 아침잠에서 깰 때에는 재성의 꿈을 꾸었어요. 당신은 '이브센'의 인형의 집이나 '여배우 나나'를 읽었지만, 아직 루소의 참회록은 읽지 않았어요.

오늘은 점심 식사 중 할 수 있는 것을 알려 드리겠습니다. 당신을 자꾸 생각하고 있던 나는 "요시코 밥"이라는 말을 듣고, 마지못해 식탁에 앉았습니다. 그리고 밥을 볼이 미어터지도록 입에 넣었습니다. 아주 무의식적으로 "뜨거운 생각을 가슴에 품고…"라며, 보카치오의 희가극 중에서 노래 한 소절을 불렀어요. 그러자 할머니는 깜짝 놀라 "뭐니 도대체, 먹고, 노래 부르고"라며 내 얼굴을 뚫어져라 쳐다봤어요. 나도 깜짝 놀라니까 모두들 이상한 듯 웃어 넘겨 버렸어요.

반찬을 먹으려고 집었는데 생선인 대구였습니다. '대구'라는 생선을 보니 통영의 큰 조선시장에 빨간 색 고추와 마늘을… 당신과 함께 보냈던 봄의 국화 향기. 배추와 불고기를 먹던 일, 요리를 하던 일들을 연상하곤 합니다.

그 순간 감정에 복받쳐서 아무 것도 삼킬 수가 없게 되어 대구도 조금 먹고 남기고 말았어요. 그랬더니 할머니께서 "어째서 생선을 안 먹는 거냐"라며 말씀하셔서 난 멍하니 반사적으로 "이 대구는 맛없어"라고 대답해 버렸어요.

오늘은 헛소문을 들어도 웃음거리가 되어도 용서할 수 있는 흉일입니다. 그러니까 누구에게 "재성에게서 오늘 편지는 없었어."라고 들어도 "연락선이 난파했어."라고 대답할 수 있네요. 아아, 어서 빨리 재성을 만나러 가고 싶어요. 언제가 돼야, 사랑하는 옛집에 돌아갈 수 있는 걸까요?! 그리고 따뜻한 보금자리에서 평생 안심하고, 평화를 얻을 수 있는 걸까요?! 반드시, 반드시, 가까운 미래겠지요. 참고 견디며 기다려 주세요. 나의 재성….

밤도 깊어졌네요. 마음의 입맞춤과 포옹을 나에게 주세요.

그럼 편안히 주무세요.

당신을 사랑하는 조안화(아침의 얼굴 꽃)
1947년 2월 10일 밤

(추신) 나 편지에 등장이라는 한자를 틀리게 썼어요. 작가
　　　남편을 두고 있으니까, 자주 글자를 잊어버리거나
　　　잘못 쓰거나 모순된 자를 말하거나 합니다. 부디 판
　　　독해 주세요.
　　　요시코는 편지를 쓰고 있을 때는 그때 그때 본 것,
　　　느낀 것 그대로 쓰려는 마음으로 솔직하게 이야기
　　　를 하도록 쓰고 있기 때문이에요.

1947년 2월 12일

　나의 사랑하는 사람, 나의 소중한 사람, 오늘은 3한 4온의 북해도는 잠시이지만, 봄 같은 날씨였어요.

　오늘은 기원절(건국기념일)입니다. 옛날 기학의 번복으로, 이 축일을 슬프게 생각하면서 회고했습니다. 이것은 내 감상 이외에는 아무 것도 아닌 시절의 슬픔에 지나지 않지만….

　재성 오늘은 편지가 비교적 그저 뜨거운 생각뿐이네요. 당신께 보냅니다. "사랑은 다정한 들판의 꽃이요."라고 노래 부르며 오늘도 외로운 황혼이 오는군요.

　나의 머릿속은 천 갈래 만 갈래로 흐트러져 갑니다. 나의 사랑하는 재성 제발… 편지를 많이 써 주세요. 방자는 죽을 듯이 외롭습니다.

건강 지키며 공부하세요.

나의 작가

1947년 2월 11일

당신의 방자

1947년 2월 22일

　내가 사랑하는 박 선생님 어째서 편지를 보내지 않나요? 편지 쓰는 것을 싫어하고 불충실한 분은 바람나는 법이에요. 그렇지만 내가 가장 좋아하는 톤코(토시코의 별명)는 편지를 주었습니다. 나는 악마의 포로이고, 약한 아이이고, 나쁜 애입니다. 반성하고 참회하는 법을 잊은 자는 신의 신전에 설 수가 없기 때문에 교회에도 갈 수 없습니다. 꿈속에서 샤미센(세 줄로 된 일본 고유의 현악기)이나 거문고의 기술을 익히거나 해요…. 왠지 막연하게 괴롭군요.

　그리고 언니 마음의 봄은 언제 오는 걸까요? 순진한 미라 언니…… 에이코는 열심히 공부하고 있다고 가끔 생물 연구라면서 부엌에서 무 같은 것을 통째로 맛을 보거나, 현미차를 마시거나, 계란말이를 만드는 것에 몰두해서 너무 바빠요.

어머니는 어머니대로, 요시코에게 용돈도 보내지 않고 방치하니 너무 매정한 부모라는 생각이 드네요. 그래도 걱정은 하고 있겠죠. 나는 동경에 많은 편지를 써서 보냈습니다. 뭐랄까 울컥 눈이 뜨거워져서 다정한 엄마 걱정 따윈 하지 말아 주세요. 나는 많은 돈을 받고 있고, 지금 나는 돈 따위 없어도 고생하지 않아요.

그리고 북해도의 생활은 인생의 좋은 경험과 공부가 되니까 염려 마시라고. 왜냐하면 숙부님의 동료분들이 있는 곳에 가끔 방문해서 사회 관념이라는 것을 배웠기 때문이에요. 그리고 여러 고난을 겪은 뒤, 이분들과 같은 훌륭한 사람들을 볼 때 난 아주 인간의 심리적 연구를 하는 버릇이 생기기 시작했어요. 게다가 여기 와서부터 모두들 이미 "요시코상. 요시코상"이라고 부르면서 귀여워해 주고, 진실을 말해 주는 친구가 생긴 것 같아요.

지난 번, 이 중에 한 사람이 진실을 말할 수 있는 유일한 사람은 요시코라면서 편지를 주었어요. 항상 농담만 말하고, 우스꽝스럽게 연기하는 나로서는 정말로 황송할 따름입니다.

이전에 그 사람 집에서 직장 여성의 좌담회에 갔었는데, 발언권이 없어서 가만히 듣고만 있었는데, 뒤에서 "어쩜 이렇게 아름다운 사람이 차갑고 쓸쓸한 얼굴을 하고 있나요?"라며 말을 걸어왔습니다. 난 나의 진짜 모습을 보이고 만 것 같아서 흠칫 놀라 "하하하" 웃어 버렸습니다. 줄리앙 디비비에의 '당근' 속에 나오는 소년처럼 어릴 때는 조부모에게 사랑 받고 자랐지만, 도중에 부모님 곁으로 돌아오는 이야기예요.

비통한 절규를 가슴에 묻고 비애감을 느끼는 이단자 나. 그리고 미지의 세계로 가지 못하고 회의감과 반항을 계속 가진 나의 모습은 지울 수 없는 외로운 법인 거죠.

그리고 또 이런 말을 들었어요.

"요시코는 무서워. 정열적이지만, 뭐랄까 잘 표현은 안 되지만, 감동하거나 흥분하거나 웃거나, 농담만 하고 있지만, 뭔가 두려워."라는 거예요.

이런 면도 필시 환경에서 온 반역적인 격정이겠죠. 재성, 그러니까 항상 표표히 아둔하다는 것을 인지하고, 되도록 자기 자신을 드러내지 않도록 노력은 하겠지만, 역시 비인간적인 것은 어렵네요.

그러나 나의 재성 앞에서는 부끄러움도 격식도 없이 울퉁불퉁한 나체를 보여 드릴게요. 그러면 "하하하"라고 웃어 주세요. 조선에 돌아가면 복수할 테니까요.

지금은 동경에 돌아가면, 엉터리고 엉망인 나의 형제들을 언니, 누나다운 얼굴로 조선에 갈 때까지 교육시키지 않으면 안 된다고 생각하고 있어요. 박 선생님, 부디 '껄껄' 웃지 말아 주세요.

내가 그렇게 하면, "누나, 언니~상사병 걸렸죠"라며 나를 놀리겠지요.

아~! 짓궂은 형제들은 내가 돌아오는 날을 목을 빼고 기다리고 있겠죠. 돌아가면 부엌데기를 시키거나, 가정교사를 시키거나, 캐치볼의 상대가 되거나, 뒷담 상대가 되거나 해서, 결국은 내가 교육 당할 것 같네요. 이런 누나, 언니가 있으니까 저런 동생들도 있는 거겠지요.

나의 재성 부디 친애하는 학생의 좋은 선생님으로 있어 주세요.

몸 건강히 행복만이 있기를 바랍니다.

1947년 2월 22일

당신의 방자

(추신) 재성 나를 보고 "아름다운 사람"이라고 말한 사람이
있지만, 결코 나는 아름답다고 자만하지 않으니까,
그 말을 믿어서는 안 돼요. 내가 아름다운 부류에
들어간다면 일본여자들 얼굴도 끝나버리는 거겠죠.
재성 형제들에게 안부 전해줘요. (동경에 있는 어머
니에게도 안부 편지 보내 주세요.)

|947년 2월 25일

　사랑하는 재성. 어두운 밤에 달님이 아름답게 빛나고 있네요. 우주에 단 하나인 달님은 당신이 계시는 조선의 밤하늘에도 역시 빛나고 있겠지요. 나는 달님을 유리구슬로 바라보고 있는 사이, 왠지 재성과 이야기가 하고 싶어져서 편지를 쓰기 시작했어요. 당신에게 많은 편지를… 어떤 날은 농담을, 어떤 날은 외로운 편지를, 어떤 날은 정말 밝은 희망이 넘치는 편지를 전해 드렸었지요. 작가인 당신은 분명히 내 마음의 모습의 단면을 조금이나마 아셨을 거라고 생각합니다.

　요시코는 편지에 근황을 쓰는 것은 아무리 얼마 안 되는 사실이라도 절대 거짓은 없답니다. 솔직한 진실을 이야기해 드리고 있어요. 다른 사람들은 표현의 졸렬함을 한심한 것이라 생각하겠지만… 용서해 주세요. 공부를 하지 않아 서요.

나는 거의 매일 밤 습관처럼 당신의 편지를 읽고 겨우 잠을 청합니다. 그러곤 항상 당신의 높고 다정하고 강한 심정에 대해서 사죄하고 반성을 합니다. "앞으로 나의 대한 마음의 정조도, 육체상의 정조도 지켜 주세요."

나는 집 밖을 나가 있을 때도, 어떤 장소에 있을 때도, 재성을 마음으로 되새길 때마다 눈물이 복받쳐 오릅니다. 난 청춘이지만, 나의 육체를 결벽하고, 청순한 생명으로서 지켜 나갈 것입니다. 재성 믿어 주실 거지요? 9년 하고 1일 째 생활에 있어서조차 얼마나 자기 것으로서 사랑스러웠는지도 모를 나의 육체였는걸요.

요시코는 당신의 멋진 양복이나 고가의 책 그 외의 많은 것들을 얼마나 사드렸는지 몰라요. 그러나 육체를 팔아서까지, 그리고 마음의 악마의 모습을 보이면서까지 난 당신께 드리고 싶진 않아요. 당신이 만약 그런 나를 본다면 당신은 얼마나 탄식을 할까요!

분명히 아무리 당신이 갖고 싶어 하는 생명이 되는 책일지라도, 당신은 눈물과 함께 불의 재가 되어 끝나 버리겠지요. 그리고 다정한 당신은 나만은 탓할 수는 없겠지만, 사랑하는 재성의 고뇌는 차마 볼 수는 없을 것 같아요.

요시코는 굶주려도, 마지막 일선까지 당신이 탄식하는 일이 없도록 할 거에요! 이런 괴로운 혼란 속에서도 청량하고 아름다운 모습으로 당신의 유일무이한 아내로서 고결하게 부르짖는 것이 내가 당신께 유일한 길인 것입니다. 당신의 허락이 있을 때까지 당신의 아내라는 것을 명심하고 열심히 공부할 겁니다.

당신께 드리는 선물은 설령, 원고용지 달랑 한 장일지라도, 나의 청렴결백한 마음의 한 조각으로서 보내 드릴 것입니다. 내가 보내는 변변치 않고 유일의 작은 물건이라도 주는 이의 부끄러운 청순과 정성 가득한 땀이라고 생각해 주세요. 아시겠지요? 재성….

엄마는 장사를 하고 있기 때문에 보통의 일반 집과 비교하면 유복한 생활을 하고 있어도, 아버지가 돌아가셨기 때문에 여자 혼자서 4명의 아이들의 의식주를 만족시키셨고, 형제들의 교육에도 엄마의 고생과 심정을 생각할 때, 나는

'어째서 엄마에게 의지가 되어 주지 못할까'라고 생각하곤 합니다. 엄마의 냉혹한 현실의 보고 있으면, 한 마디의 불평도 없이, 울지 않는 쓸쓸한 얼굴을 절대 보이지 않는 엄마. 그런 엄마의 고생을 나는 눈물 없이는 차마 볼 수가 없어요.

　사랑하는 재성. 괴로운 사람의 인간적인 심정이라는 것과 현실이라는 것의 모순은, 고뇌와 애처로움. 당신은 알아주시겠지요. 나의 작은 가슴 가득 현재의 모든 것을, 말해봐도 어찌할 도리가 없는 나만이 알고 있는 괴로움을 아무렇지 않게 농담이나 주위 사람들의 노랫소리에 속이고 있는 심정을. 당신에게 포장 끼 없는 끓어오르는 정열과 사랑으로 현해탄을 건널 수 없는 심정을 애매하게 보거나, 걸인으로 보지 말아 주세요. ㅡ아니오, 나의 재성은 그런 생각을 하는 사람이 아닙니다.

　지금 나에게는 누구도 당신이 있는 곳에 데려다줄 믿을 만한 사람이 없습니다. 재성 이외에는. 재성 국제 관계가 평화롭게 되면 마중하러 와줘요. 아마 내년 중순경에는 교통이 되는 건 아닐지 생각해요. 재성은 요시코를, 요시코는 재성을 믿고 기다려요.

나의 재성 건강히 공부하시길. 모두에게도 안부 전해줘요.

1947년 2월 24일 밤

방자

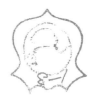

1947년 3월 12일

나의 심술궂은 재성.

살아 계신가요? 어째서 이렇게 편지에 목을 빼게 하나요? 우체부가 게으른 것인지, 박 선생이 교무에 열심인지 도무지 전혀 알 수가 없네요. 더욱이 학교는 3월, 4월은 연중행사인 졸업, 입학으로 바쁘시겠지만. 역시 어리석은 분께서는 '편지라는 재성의 우상'이 없는 것으로 때때로 공허해집니다.

요즘은 가능한, 자신을 '벌레'와 '이'라고 생각하고, 재성의 환각은 잊어버리려고 노력해 봅니다만, 분해서 잊을 수가 없네요. 지루한 하루를 닥치는 대로 독서를 하거나, 엉터리 연극이나 동침 영화를 보거나 하면서 초연거사 같은 얼굴로 지내고 있습니다. 종종 급행열차 안을 뛰어나갈 듯한 불안 마음과 야점의 흙으로 만든 인형처럼 무표정인 모습으로 공허하게 하늘만 쳐다볼 뿐입니다.

혹시라도 애인을 가진 적이나 사랑이라는 글자를 모르는 인간이 나의 마음의 창을 들여다본다면, 분명히 발광한다고 생각해서 정신병원에 데려다줄지도 모르겠네요.

매우 침착한 재성 씨, 지금 난 골이 나서 욕이라도 하고 싶을 지경입니다. 나의 이런 모습을 보여드린 것은 울면서 때리고 싶어서입니다.

"못된 사람 못된 사람, 재성은 바보"라며. 재성은 예술이 정열의 대상으로 난 그 그림자일지도 모르겠군요. 요시코에게는 재성이 인생 항로의 북극성이니까요. 굽실굽실하면서 머리를 숙이면서까지 당신의 아내로 살고 싶진 않으니까요. 당신만 예술가이고, 당신만이 남자가 아니니까요. 사람들은 종종 제 눈의 안경이라고 하니까, 짚신도 제짝이 있는 거겠지요. 음~ 매정하게 봐 주세요. 그리고 많이 화내 주세요.

지금은 아직 여권도 구하질 못하고, 우리들의 사이에는 국경이 존재하고 있으까요. 분명히, 꼭, 나는 당신에게 불평이나 악담을 늘어놓고 싶지만, 재성이 울면 안 되기 때문에, 이제 그만 하렵니다.

나는 죽지 않으면, 낫지 않는 멍청함과 입에서 먼저 튀어나오는 나쁜 말을 가지고 있네요. 앞으로도 나를 애인으로 생각한다면, 용인해 주세요. 호호호…….

오늘의 편지는 실패군요. 아무쪼록 코를 실룩실룩하면서 많이 웃어줘요. 난 재성이 언제나 내 마음대로 할 수 있는 사람이라고 믿고, 쉽게 생각하고 있으니까요.

요시코에게 앞으로도 영원히, 영원히, 신의 못된 장난에 목숨을 바치게 한다면, 재성이 얼마나 활달함이 있는지를 테스트해 볼 것입니다. 난 나쁘지 않아요. 아담과 이브가 금단의 나무의 열매를 먹고 나서, 여자는 조금의 히스테리를 가지게 되었으니까요.

재성 나의 재성. 어쨌든, 몸 건강히 행복하세요.

1947년 3월 15일

나의 재성 씨,

오늘밤은 눈보라로 '휘이잉~ 쌩~ 휭~'. 그러더니 갑자기 함석지붕이 무너질 듯이 바람소리로 유리창이랑 미닫이문을 달캉달캉 요동시키는 굉장한 소리에 나의 혼이 빠질 정도로 놀라는, 어둡고 두려운 밤이었어요.

피곤한 머리로 재성의 건강 걱정만 하고 있네요. 병이라도 걸렸나요? 죽진 않았죠? 차라리 병이라면 다행이네요. 그리고 신께 당신의 건강을 빌어 봅니다.

이렇게 눈보라의 휘이잉~ 휭~ 부는 날, 노래를 듣고 있으면 삶의 의지도 무의미해지고, 당신이 그립고, 보고 싶어 울고 싶어집니다. 그리고 언제 만날 수 있을지도 모르고….

누구라도 내일의 운명을 알 수는 없는 법이라고 생각하

면, 점점 더 다급한 마음이 더욱 더 조여지는 것만 같습니다. 아! 이런 생각을 하다니 바보군요. 희망을 가지고 살아갈게요. 또한 어떤 인생의 고난도 웃어넘길 것입니다.

재성 걱정하지 말아요. 이것으로 굶주려 죽은 사람들에게는 미안하지만, 죽조차 먹지 못하고, 울다 지쳐도 재성은 배짱이 세서 뻔뻔하고 무사태평한 재성이니까.

요즘은 점점 더 세상사에 관심 없어지네요. 생각할 때는 생각하고, 가만히 있을 때는 쥐 죽은 듯이 가만히 있고, 기쁠 때는 기뻐하고 있습니다. 자기 연령도 과거 9년 하루의 1살이 나의 나이 전부입니다. 전혀 의식하고 있지 않으니까요. 더, 이 생활의 환경에 있을 때부터 자기 본위한 제멋대로인 정신세계를 갖고 놀고 있었던 사람이니까요.

나는 마치 토시코들과 같은 마음이기 때문에, 재성 미안하긴 한가요? 그런데도 머릿속은 언제나 바쁘겠지요? 어젯밤도 기상천외한 꿈을 꾸었어요. 크고 멋진 철근 콘크리트 빌딩이 공간을 넘어 이동하고 있는 거예요. 그 다음은 정치 언쟁을 하면서 상대가 모르게 화를 돋우거나, 학창 시절의 시험을 내일로 앞두고 벼락치기로 공부하거나, 하룻밤의 단편에 너무 바쁘네요. 아침에 눈을 뜨니 어깨가 뻐근하고 나른해서 피곤했어요.

재성, 내 머릿속은 정말 혼란의 증거로 공부가 되질 않아요. 공부가 안 되는 건 항상 생각하고 있는 탓이겠지요? 그래도 활자를 기는 벌레처럼 책은 좋아하지만, 이렇게 근심거리의 실이 천 갈래 만 갈래로 흩어지면, 머릿속의 피곤한 산책이 시작되는 거예요. 조선에서의 당신과 살던 집, 빨래, 바느질, 요리 등 재미있었던 일들을 떠올리기도 해요.

나는 인생의 즐거움, 자신의 창의력을 쏟아내며 지내고 싶은 인간이고, 그것을 다른 사람들에게 알려서 금방이라도 찾아내려는 성격이라서 가난하다고 해도, 못 먹는다 해도 "좋아요"라고 말할 수 있어요. 하지만 실제로 가난도 기아도 현실이라는 것이기에. 하여간 재성을 고생시킨다고 생각하면 미안해집니다. 생각해 보니 전 너무 성격이 급한 거 같네요.

아기 생각까지 시작하니 우습지요? 그리고 내 머릿속에

는 아기가 금방 생장해서 걸어 다니거나, 학교에 가거나, 이런 옷을 입고 머리에 리본을 다는 등 이상하게 별 생각을 다 하게 돼요. 정말 나는 아기를 친구처럼 갖고 싶어요. 재성 이상하죠? 웃어도 좋아요.

나는 항상 덜렁이고 엉뚱해요. 하지만 진실된 마음인 걸요. 나를 지금껏, 진짜 지나친 놈이라고 생각하면 안 돼요. 그렇지만 재성도 이상해요. 원고를 쓰기 시작하면 방 안을 우리 안의 곰처럼 걸어 다니거나 하잖아요. 그래도 난 당신과 함께해서 "멋져요"라며 방 안을 혼희작약(기뻐서 날뜀)하고 있는 정경을, 혹시 다른 사람이 보면, 분명히 잘 어울리는 부부라 하겠지요.

당신과 나는 분명히 길고 긴 인생을 기발한 것을 태연하게 넘기며, 당신은 싱글벙글, 나는 쌩긋쌩긋 하고 있는 장면을 생각하는 것만으로도 웃음이 나네요. 이런 두 사람 사이에서 태어날 아기는 분명히 훌륭한 아기일 거예요. 바보보다 위대한 도련님이 생기겠지요. … 호호호

있잖아요. 재성 앞으로 당신과 함께 서로 양팔로 가난을 이기며 생활해 나가는 것이 기대되네요. 정신적인 의의가 없는 모래 위의 누각에서 보석을 박아 넣은 인형처럼 사는

것보다 책과 원고용지 속에서 기쁨과 걱정을 함께하며 유일한 빛을 향해서 감격하며 살아가는 쪽이 나에게는 마음의 천국일 것입니다.

이제 마음의 가난은 지긋지긋합니다. 이렇게 내 평생을 건 생명을 믿고 있으니까요.

사랑하는 재성. 나의 손으로 스스로의 행복을 창조해 갈 거예요. 알겠죠. 재성 외로워 견딜 수 없지만, 건강히 행복하게 있어 줘요. 어서 달려가 만나고 싶어요. 매일매일은 인생의 소중한 경험입니다. 아무쪼록 아무 탈 없이 작가로서 전념하세요.

유성 아주버님, 삼성, 양성, 그리고 언니들에게도 안부 전해 주세요.

1947년 3월 14일 밤

1947년 3월 18일

　창공에 둥실둥실 떠다니는 한 점의 구름을 바라보며, 당신 생각에 그만 눈물이 나네요.

　재성의 1월 13일, 1월 28일 네 장의 편지와 열다섯 장의 삼성의 편지를 북해도에서 받아 봤습니다.

　재밌는 톤코…

　"언니 기다리고 계시는 재성의 편지 한 장을 보냅니다. 기쁘시죠? 정말 좋은 분들이군요. 언니처럼 행복한 분은 아마도 안 계시겠지요. 빨리 빨리 하루라도 빨리 지나갔으면 좋겠네요. 너무 안타깝군요. 톤코도 기도드릴 게요. 그럼 천천히 한 자 한 자 되새기며 읽어 주세요. 또, 분명히 언니 얼굴에 비가 많이 내리겠지요. 호호호…"라면서 회송해 주었습니다.

정말이지. 저, 어디로 도망가면 좋을까요? 저기를 봐도, 여기를 봐도 여러모로 폐만 끼치거나 찬미를 받거나, 혼자 부끄러워 얼굴이 빨게 지내요. 나는 있잖아요. 재성이 노인이 돼야, 안정이 된다고 말해서 초연하게 나의 편지를 "허허허" 웃어 준다고만 생각했는데, 역시.

조금도 옛날과 달라진 게 없네요. 당신은 정열가이네요. 난 당신의 편지를 울면서 읽고 있었지만 "네가 옆에 있으면, 먹어 치우겠다."라고 말해서 그만 웃어버렸었지요. 그렇지만 당신에게 어울리는 표현이었어요. 난 기쁜 건지, 슬픈 건지, 모를 만큼 행복해요.

저기… 당신은 좋은 사람이에요. 달려가 안겨 입맞춤해 주고 싶어요. 그리고 엉엉 울고 싶고요. 당신의 가슴에 얼굴을 묻으며…….

난 승부 근성이 강해서 좀처럼 누구한테도 탄식은 안 하지만, 정말 참을 수 없을 만큼 초조하지만, 슬퍼하며 기다리겠습니다. 지금 마음의 봄이 왔네요. 하지만 날아갈 수 없는 몸이 원망스럽네요. 나와 재성의 사이에 국경도 제재도 없어졌으면 좋겠어요. 무한의 창공처럼 떨어지는 일 없이 자유가 있으면 난 이런 슬픔이나 한탄은 안 하겠지요.

나의 재성. 그리고 있잖아요. 나 당혹스러워요. 삼성의 15통의 편지로 조선의 정세라니 하하하……

알겠어요. 당신의 형제 모두의 심정에 그저 기쁘게 감사하고 그리움이 가득하지만 나를 동화의 공주님같이 멋지게 생각해 주시는 것에는 두 손 두 발 다 들었어요.

재성 부디, "방자는 바보다"라고 전해줘요. 저렇게 칭찬을 받고, 기대를 걸어 주고, 다정하게 순수한 애정을 주셔서 몸 둘 바를 모르겠어요. 또 내 양심이 아파오고 미안하고 죄송해서 어떻게 보답해 드려야 할지 모르겠어요. 어쩌지, 어쩌죠?

저기 부탁이니까, 모두의 심판을 걸어 주세요. 그리고 미움을 받는 고난의 길로 가는 편이 나는 좋아요. 재성이랑 삼성이 힘든 생활을 하고 있을 때, 어머님께서 돌아가셨을 때 난 아무 것도 몰랐고, 형수님다운 일도, 아내다운 일도 하지 못했던 사람인 걸요. 어느 면을 꾸짖는다면 내 자신이 밉고 원망스럽네요.

재성 나빠요. 왜 당신은 나를 그렇게 덮어 주나요. 난 재성과 모두의 심정을 알면 알수록 자책과 자기 가치의 문제로 고민하게 됩니다.

싫어. 싫어요. 모두에게 한 말은 취소할게요. 과연, 나를 제대로 보고, 정정당당히, 진정한 면의 괴로움과 싸워 나가겠어요. 작아져서, 공주님의 가면을 쓰고 연기를 하고 있다는 것은 나에게는 있을 수 없는 일입니다. 모두에게 나의 인간성을 알아줄 때까지 괴롭힘을 당해도 상관없어요. 진실을 믿으니까요. 그렇게 하지 않으면, 통영에 갈 수 없어요. 지금 통영으로 날아가고 싶은 마음과 못 가는 마음이 공존하는군요.

재성 잔혹하지만 참고 견뎌요. 그리고 감내해요. 인간으로서, 역시 인정에만 매달리는군요. 의지도 있으니까요. 이것이 속세의 괴로움이라는 것이군요. 이런 말을 하면, 재성 알겠어요? 언제나 내가 당신에 대한 마음가짐은 옛날도, 지금도, 앞으로도 조금도 변하지 않을 거예요. 믿어줘요.

공부해요. 그 대신 편지는 아무리 바빠도 잊지 않고 쓸 테니까요. 느긋하게 야위지 말고 지내세요. 난 최근 살이 쪘어요. 통통하게 살이 쪄서 얼굴에 여드름이 나서 큰일이에요.

불교도 기독교도 아닌 나라서 당신이 걱정하겠지만, 당신에게 절대적 애정은 나를 멋지게 악마로부터의 유혹을 극복시켜 줄 것입니다. 육체의 욕구를 너무 극복해서 재성을 생각할 때면 식욕이 전혀 없어집니다. 모두가 걱정하기 때문에요. 무엇보다 먼저, 돌아갈 날은, 안타깝지만 나도 잘 모릅니다. 재성 너무 탓하지 말아요. 울고 싶어지는군요.

2~3일 전, 요나고에서 치과의사를 하고 있는 숙부(돌아가신 아버지의 남동생)께서 이쪽의 숙부(엄마의 남동생)에게 "언제 이쪽으로 요시코랑 오는가? 알려 주게나."라는 전보의 전문이었습니다. 그러나 북해도의 숙부는 선거를 앞두고, 지금 근로대학의 전위로서 아침저녁으로 바쁘기에, 난 사적인 일로 부탁드릴 수는 없어서, 상황을 보고 말씀드려, 함께 5월 중순에 상경해서, 요나고에 가서, 모든 법률상의 해결을 하고 올 생각을 하고 있어요.

그런 다음 잘 생각해서, 내가 조련에 의뢰하여 불안한 여행이면 집으로 돌아오고, 믿을 수 없을 것 같은 동행은 여행의 길동무라도 곤란하니까요. 차라리 연락선이 자유롭게 될 때까지 기다려서 당신에게 마중 나와 달라고 해서 엄마랑 톤코들에게 재성의 얼굴을 보여주고 안심시켜 떠날까 하고도 생각하고 있어요. 그때까지는 승낙을 못 받을 것 같아요.

북해도에서도 직장 댄스 등이 시작되고, 여기서도 난 인기도 많고, 대부분이 숙부님 밑에서 일하고 있는 사람들이라서 친근하고, 계몽을 계속하고 있고, 소박한 생활 방침 등이나 본받을까요? 아니면 타치카와에 돌아가서 장사로 바쁜 엄마를 도와서 형제, 자매들을 교육시키면서 다투거나 하면서 조련이라도 근무해서 조금이나마 조선의 모습을 알아가고, 마음속에 남아 있는 문화적인 혼란의 공기를 없애고, 일본에서의 마지막 추억이 되는 생활을 즐길까요?

순진하게 거침없이 상대를 항복케 하는 것과 웃기게 하는 것, 통역사든, 경찰이든, 대사든 어떤 사람이라도 겁내지 않고, 이런 태도일 테니까요. 이런 사람들에게 세상에 이런 순정하고 멋진 사랑을 하고 있다고 한다면, 심장마비를 일으킬지도 모르겠어요. 통쾌, 통쾌, 바보들에게 나의 장점을 알겠는가 하면서요. 재성….

그리고 난 아이들과 사이가 좋아요. 다섯 살인지 여섯 살 정도의 아이까지 "요시코 상, 요시코 상 같이 놀아요", "요시코 상 돼지 얼굴해요."라면서 가끔 형제싸움해서 울면, 코끝을 오른쪽 집게손가락으로 콧구멍을 위로 올려, 왼손의 엄지손가락과 집게손가락으로 아래 눈까풀을 뒤집어 보이며, 돼지 얼굴을 해서 기분을 상하게 해서 사람을 바보로 만들어 친구처럼 대하는 사람이니까. 나라도 아이들에게는 두 손 들었어요.

이런 모습의 엉터리 망나니라도 재성을 만나면, 너무 부끄러워할 것 같은 기분이 드네요. 조선에 가서는 속으로는 강자인 나는 받아 온 고양이처럼 될지도 모른다는 생각이 드는 건 왜일까요…….

재성에게는 다소곳하고 다정하고 배려심이 깊은 사람일지도 모르겠군요. 나에게 반하면 확실히 손해라고요… 삼성은 장난꾸러기이고 너스레 선생이니까, 곧 공주님의 눈에 띌지도 모르겠네요. 언제부터 이런 바보가 되었는지 갈

림길을 모르겠어요. 앞으로 품위 있고 귀족적인 행동을 하도록 노력할게요. 당신이 싫어하면 큰일이니까요. 호호호

그건 아마도 숙부님께 당신의 편지와 삼성의 편지를 보여 드리면 "취직할 필요는 없으니까. '문제가 해결되면, **빨리 재성의 곁으로 가거라. 너무 슬프구나**'."라며 모두 재성에게만 동정하고 있어요. 사람 마음도 모르면서요.

재성 나도 꿍꿍 생각하지 말고 솔직하게 될 수 있는 한, 빨리 돌아가도록 노력할게요. 짐은 못 보낼 것 같으니까 간소하게 해서 떠나겠습니다. 엄마 집에 가 있어도 될까요? 재성 이런 계획으로 가도 올해 여름쯤이에요. 하나의 애상이지만 포옹해줘요. 쓰러져 죽지 말고 기다려 줘요. 왠지 너무 농담만 해서 쓸쓸해지네요.

몸 건강히 행복하세요. 열심히 공부하시구요.

1947년 3월 16일

1947년 3월 26일

나의 사랑하는 재성.

요즘 2~3일은 독서를 해도 울적하고 귀찮고 생각하는 것도 싫고, 그냥 참을 수 없을 만큼 우울해져서 미쳐 버릴 것 같아요. 이치나 이론이 지금의 나에게 아무런 도움이 안 돼요. 솔직히 당신에 향한 정열만이 순수한 진실이에요. 아~ 아~ 나의 얼마 안 되는 이성과 지혜 등은 어딘가로 날아가 버리고, 내 눈앞에는 당신의 환영이 그 옛날 즐거운 꿈처럼 지나가는 당신의 모습이, 그리고 미래 당신의 모습이 창문 저쪽의 창공에 신기루처럼 희미한 환상이 집요하게 나를 붙잡아둡니다.

저기 있잖아요. 재성. 내 머리 속은 텅 비어 버렸어요.

모두 그 모두가 당신 탓이에요. 그리고 치매증이 되어 버린 것 같아요. 정말 당신은 나쁜 사람이에요. 그렇지만 난 당신과 일생을 걸어 세상에서 단 한 사람의 존재로서 사랑하고 있어요. 당신을 향한 나의 사랑과 정열은 나의 인생에서는 단 하나이지 둘은 아니라는 거예요. 당신에게 이런 이성과 지혜를 떠난 애정의 사람이 알 수나 있을까요?

난 당신과의 긴 이별, 10년 하고도 하루를 끝내는 방탕을 해 보았습니다. 그리고 자세히 자신의 마음속에 있는 재성을 발견해 보았습니다. 그리곤 당신을 잊으려고 한 적도 있었습니다만, 역시 그것은 아무리 발버둥 쳐도 일시적으로 시간을 때우는 것밖에 안 되는 행동이었습니다. 지금은 당신에게 이런 말을 자신을 가지고 꺼낼 수 있습니다.

재성, 당신이 산적이든 해적이든 난 당신과 결혼을 했을 겁니다. 나의 사랑하는 단 한사람인 걸요. 이런 말도 안 되고 제멋대로인 면을 가진 자신을 반성할 때, 재성의 작가 생활을 모독하는 잡음에 지나지 않는 가치 없는 존재라는 것… 남 몰래 한 숨을 내쉽니다.

아아, 어서 빨리 보고 싶어요. 재성을, 그리고 당신의 사랑이 경감했을지라도 자기양심이 명할 때까지 모두 모두 고백해서 참회해 버리고 싶고, 그리고 진실을 말하며 인생에서 진실한 사랑과 행복을 탐구한다면, 죽어 버려도 좋아요. 이제 더 이상 그만 말하겠어요.

건강히 행복하게 문학의 공부를 계속 연마해 주세요. 나의 최대의 희망이라는 것을 잊지 말아 주세요.

1947년 3월 28일

　나의 생명인 재성.

　난 이전부터 정말 놀랄 만큼 많은 편지를 당신에게도, 삼성에게도, 유머가 담긴 우스꽝스럽고, 천진난만하게 매번 심정을 보내드렸습니다만, 그 반면 얼마나 괴로운 자기 비판이나 반성을 했었을까요? 당신도 아시지 않나요?

　나의 재성, 요시코는 외면적인 문제 해결과 당신의 경제 상황의 공포에 집착해 생각하지 않습니다. 그것은 최악의 경우도 각오하고 있지만, 절대 이런 것에는 마음을 쓰거나 괴로워하거나 하는 내가 아닙니다. 난 반대로 당신이 요시코를 사랑하는, 예술을 빈곤 때문에 모독하지 않도록, 얼마나 간절히 바라고 있는지 모릅니다. 당신은 나를 위해 절개를 굽히지 말고, 생명이 되는 문학을 모독하려면 나를 죽이는 것과 다를 게 없습니다.

　예술을 위해 나의 생명이 필요하다면 기쁘게 죽을 것입니다. 내가 이렇게 북해도의 여행을 장기 체류해서 눈에 갇혀 생활하고 있는 것도 자신의 연락을 위해서가 아닙니다. 난 어느 날 밤 나의 영혼이 재성에게 달라붙어서 얼마나 고뇌하며 반성하고, 괴롭게 자제를 하고 있는 것이었어요. 요시코는 당신에게 닿으면 격렬함과 활활 타오르는 정열을 가지고 있어요. 또 자신의 괴로움과 육체적으로 오는 본능적인 욕망이나 모든 자연의 법칙은 부정할 수가 없네요.

　누님들이랑 삼성이랑 당신에게 선물을 사 주고 싶은 마음은 솔직히 진실한 나의 여성스럽고 천진난만한 심정인 것입니다. 그러나 이런 것만으로 재성 당신의 곁으로 돌아가는 날을 늘릴 정도의 내 심경은 단순해서 모호한 것은 아닙니다. 난 당신을 영원히 남편으로서 사랑하는 것이 전부이고, 또 재성을 위대한 작가로 만들기 위해 요시코는 모든 것을 극복하고, 조용히 힘든 생활을 보내고 있는 것입니다.

우리들의 사랑은 형식의 틀이나 제도를 초월한 만큼 난 당신의 심정을 깊이 이해하고, 다른 사람에게 강요당하거나, 거북한 의리가 아닌 내 양심에 명한 의무에 대해서, 깊은 책임을 느끼고 있습니다.

나의 재성 부디 참고 감내해요. 요시코는 자기의 가치를 인정할 수가 없어요. 아직까지 난 재성의 아내로서 인간으로서 멀었다는 것을 통감하고 있습니다.

그것은 한 권 두 권의 독서나 조선어의 한 개 두 개를 기억하는 것이 아니기 때문입니다. 요시코는 자기의 영혼의 몽매함을 한탄하는 것입니다.

재성 씨.

지금, 내가 당신의 허락에 당신의 상냥하고 훌륭한 사랑에, 행복한 환경에 비판하지 않는 나라면, 난 그 행복함과 인생의 심미에 취해 마음을 빼앗겨 버렸을지도 모릅니다. 이건 필연적인 현상으로 인생의 아름다운 하나의 과정으로서 찬미하고 좋은 사실이겠지만, 바보 같은 난 자기를 진전시킬 도야할 기회를 잃어버린 것은 아닐까요?

인간은 가난할 때, 보다 자기를 알 수 있고, 고독한 환경에 처했을 때, 보다 깊은 반성과 영혼의 혼탁을 멀리할 수 있게 되는 게 아닐까요? 그리하여 괴로움을 바르게 응시해서 극복할 때까지 자기 자신의 귀한 실천의 파악이 되는 게 아닐까요? 부디 재성, 당신이 날 영원한 애인으로 생각한다면 목숨을 걸고, 사랑하는 아내라면 나에게 이제 잠시 자기비판의 휴가를 주세요. 길게는 말씀 안 드립니다. 내가 돌아가려고 생각할 때까지….

사랑하는 재성.

난 당신의 생명 중에 항상 존재하고 있어요. 그리고 당신은 나의 생명 안에 항상 자리 잡고 있어요. 그렇지 않나요? 믿어 주세요. 공부에 전념하고, 영원한 사랑에 끝까지 최선을 다할 것입니다. 그리하여 두 사람의 애정은 타고 타서 재가 될지라도 정열을 다할 거예요.

재성, 영원한 불멸의 예술가로서 자유롭게 대범하게 순결하게 있어 주세요. 오늘밤, 편지는 눈물과 정열을 가지고 당신께 보내고 있습니다.

항상, 몸 건강히, 행복하세요.

1947년 3월 27일 당신의 아내

(추신) 이번 편지는 당신에게 설교해 버린 꼴이 되었네요. 미안해요. 읽고, 나의 심정을 생각해줘요. 재성, 당신을 다시 뵐 때까지, 나의 교육 방침을 생각해 놔 주세요.

보다 멋진 부인은 당신의 생명의 제작자이니까요.

유성 아주버님, 누님들, 삼성, 양성에게도 안부 전해 주세요.

1947년 3월 30일

　나의 재성

　오늘 아침 눈을 뜨니, 또 눈이 내리고 있었어요. 어젯밤, 유성 아주버님이 꿈에 나왔는데, 따뜻한 마루 안에서 이야기를 하는 할머니의 목소리를 듣고 회상하며 그리운 마음으로 잠이 들었었어요. 나의 아침 늦잠은 지금도 고쳐지지 않아요. 새벽까지 일어나 있는 것을 좋아하기 때문이지요.

　오늘은 토시코로부터—언니, 벌써 봄이네요. 하천의 둑에도 싹이나 잎이 자라네요. 사랑스런 싹이 많이 자라고 있네요. 집에서는 시험이 끝나서 쉬게 된 토시코는 요즘 동경에 영화를 보러 가거나 놀면서 잘 지내고 있어요. 아기와 전철 공작으로 꿈속에서, 뽀뽀코(아들 이름)는 변함없이… 사랑하는 언니에게—편지가 왔습니다.

난 요코하마의 미치코에게, 토시코에게 오랜만에 편지를 써 주었습니다. 요즘 눈 때문에 더러워진 길을 걸으면서 변함없이 자기비판을 하면서 철학적인 생각을 하거나, 예술 작가의 정치적·사회적인 생각에 빠져 있는 나. 가끔 자기 행위를 의식하는 것을 잊고, 집으로 돌아오는 길을 잘못 들어 계속 걷기만 하거나, 목욕탕에서 다른 사람의 비누와 타월이 든 바구니를 가지고 오거나 해서 당황스럽고, 이상해서 막 웃어 버리곤 합니다. 점점 머리가 이상해지는 것 같아요. 난 도대체, 어째서, 이러는 걸까? 아무런 만족스런 것도 할 수 없고….

그건 그렇고, 언젠가 알려 드려야겠다고 생각한 것이 있습니다만, 이쪽에 재성 씨도 알고 있는 사촌 여동생 두 명이 있습니다. 10년 전 열두세 살의 아이였을 때, 나카노의 집에서 토시코에게 "아버지에게 혼나니깐, 누구에게도 말하면 안 돼요."라며 재성의 아파트에 비밀로 해서, 세 명이서 놀러갔었다고 말하는 거예요. 그리고 침대의 파란 비단의 아름다운 이불 위에서 재성에게 책을 읽는 것을 듣고, 이야기를 듣고, 까불고 놀면서, 생밤을 당신이 사줬었다고 하더군요. 정말 상냥하고 착하고 좋은 사람이었었다고 그리운 듯이 하루 종일 이야기를 들려줬어요. 난 아무 것도 모르니까. 이 세 명이 찾아온 요일에 너무 깜짝 놀라고, 어이가 없어서 항복해 버렸었지요. 이 사람들은 단순하고 평범하게 자라났으니까요. 아무런 위협도 당하지 않았었는데 말이죠.

이런 말을 한 적이 있었나요?

"요시코 언니가 집에 돌아와서 말도 하지 않고 가만히만 있는 거야."라는 말과, "공원에서 안과의사가 돌아오는 길에 재성을 만나 이야기를 나누고 있었어."라는 말. 부끄러워지는군요.

이 애들은 벌써 지금 22살과 23살이 되었고, 위에 언니는 작년 봄에 결혼했고, 밑에 동생은 곧 아기 엄마가 되네요. 전혀 세월에 의식을 하고 있지 않는 사이에 10년이 얼마나 긴 시간이었는지 다시 한 번 생각나게 해 주는군요.

난 옛날과 똑같이 당신만을 사랑하며 수년이 흘렀기에 조금도 변화가 없는 것 같고, 항상 변함없이 어떤 경우, 어떤 환경에 처해도 예술의 배경이나 철학적인 사안이나 자기비판을 하면서, 항상 언제나 당신의 모습을 꿈에서라도 계속 보고 싶은 난, 억지로 이런 의식을 하게 되면 왠지 모르게 외로워지고 맙니다.

그리고 어리석게도 만질 수 없는 당신에 마음이 아픕니다. 요시코는 높고 넓고 대범하고 순수한 인간으로 있고 싶어요. 그리하여 항상 아름답고 용감한 동심으로 돌아가고 싶어요.

나의 사랑 재성, 내가 돌아오는 날까지 건강히 행복하게 기다려 줘요.

그럼 또 편지할게요.

방자

1947년 4월 24일

내 사랑 남편!

세상에서 가장 좋아하는 사람!

2월 25일(no.a)은 한 장과 3월 14일은 아홉 장의 편지를 토시코와 니가타 쪽으로 여행을 하고 있어서 늦어졌어요. 미안해요. 용서해 주세요. 매우 좋은 편지이고, 요즘 재성이 내가 있는 곳에 온 것처럼 기뻐요.

재성의 편지를 볼 때마다 얼마나 행복한지 몰라요. 행복이란 말을 입버릇처럼 말하고 있어요. 행복해지는 배거번드(방랑자, 떠돌이)에게 찬미라며 회송해 주었습니다. 편지 읽은 뒤, 아침은 라디오 선거 연설을 듣고, 스토브 앞에서 멍하니 앉아 있었어요. 당신으로 부터의 편지가 온 걸 알고 봉투도 뜯지 않고 가슴에 끌어안은 채 방으로 가서는

"기뻐~너~무 기뻐!"라며, 몇 번이나 외치면서 폴짝 폴짝 토끼 춤을 추면서 편지를 읽어 내려갔어요.

이런 나의 표정이 기쁨에 넘치는 것을 할머니가 있는 곳에도 들릴 만큼 소리를 내며 울면서 읽고 있었더니 할머니도 같이 눈물을 글썽글썽하시며 기뻐하고 계시는 거예요. 요시코는 3일 동안 밥도 제대로 먹지 않고, 당신의 편지만 몇 번이나 반복해서 읽으며 행복함에 젖어 있었어요.

사랑하는 내 남편!! 당신은 어쩜 이렇게 다정하고 강한 무한의 애정을 가진 청량한 분인가요! 요시코는 이미 무엇이든 믿고, 걱정 따윈 하지 않을래요. 그리고 내 전부를 소유해 주세요. 요시코는 당신의 아내인 걸요. 난 당신의 편지 한 글자도 의심하지 않습니다. 그건 그것은, 애정의 깊은 진실의 말 그 자체이니까요. 나 같은 바보에게 이런 멋진 행복함을 느껴도 되는 걸까요?

난 왠지 무서운 기분이 드네요. 환희에 넘치는 행복을, 운명을 겸손한 마음으로 가슴에 두 손으로 꽉 움켜쥐고 있어요. 그리고 눈물을 뚝뚝 흘리며, 기뻐하고 있어요.

아아!! 재성 당신은 동화에 등장하는 백마 타고 붉은 망토를 입은 왕자보다 아름답고, 보다 다정하고 보다 강하게 나의 가슴에 강렬하게 새겨져 있어요.

아아!! 이런 멋진 행복이 이 지구상에 있어도 되는 걸까요?! 난 꿈은 아닐까 하고 내 손을 꼬집어 아픈 사실에 또 한 번 울고 말았어요. 요시코라는 바보는 재성을 떠난 10년 동안은 잊혀지지 않는 생각과 무한의 외로움과 고독과, 달의 세계를 향해 진리와 진실의 대상을 당신에게 가지고 있어요. 언제부터인지는 모르지만, 재성을 초현실의 세계에서 나한테 재성은 유일한 신이며, 재성은 예술가이며, 이상적인 재성이었어요. 그것이 이런 운명의 변전과 인생의 혁명에 있어서, 그저 지금까지 반항적인 격정이나, 인생에 아무 것도 기대하지 않았던 허무적인 외로운 심정이나 싸고, 싸고 다 쌀 수 없는 정열과 여러 가지 생각이 봇물 터지듯 나고, 눈물은 폭포처럼 뺨을 타고 흐르고, 재성의 모습을 환영으로라도 보면서 흐느낄 뿐….

혹시, 이런 심정을 배신이라도 당한다면, 이루지 못할 꿈과 덧없는 운명이라면 난 당신의 이름을 죽는 날까지 부르짖으며 정신병원의 병실에서 아침, 저녁을 보내는 몸이 되겠지요. …!

단지 한결같은 이성이 미치는 것을 억제한다면 반드시 난, 이미 지상에는 있는 그 어떤 것도 믿을 수 없게 되어 버리겠지요. 그리고 꼭 대리석의 여자 동상처럼 영혼은 화석이 되어 버릴 거예요. 그렇지 않으면 소용돌이치는 성난 파도 속에 단 하나의 생명을 영원히 소멸시켜 버리겠지요. 지금 재성을 현실로, 내가 가장 사랑하는 남편과 영혼을 새겨버린 난, 당신의 손안에 요시코의 목숨은 달려 있는 겁니다.

사랑하는 나의 재성, 아무쪼록 반밖에 나를 자신의 것으로 할 수 없다는 말 따위는 하지 마세요. 누군가의 아기를 만들어 살아가면 좋지 않을까라는 거 따위는 왜 말씀하시나요?

난 태어날 아기는 티 없이 맑은 사랑의 결정체라고 믿고 있고, 아이는 예술사로조차 보고 있고, 절대 태어날 아기를 짐승 같은 향락의 소산으로 하거나, 엄마로서 존재하면서 아이에게 암흑인 운명을 자신의 변덕에서 행복해지는 것은 최대의 죄악이라고 믿고 있으니까요…. 수다쟁이는 실언을 해버렸으니 용서해줘요.

그리고 당신의 생각에 대답을 해 버렸네요. 댄스를 배우

게 됐어요. 내가 말하는 댄스는 그 옛날 부르주아의 향락적인 그리고 선정적인 섹스 유희를 말하는 것이 아니에요. 요시코의 댄스는 '따라라라 토끼댄스'라는 거예요. 스텝도 뛰지 않으면 왈츠도 탱고도 경계를 모르니까요.

재성, 저속하고 상스럽다고 말하면 안 돼요. 이 글자를 보는 것만으로, 가슴이 메슥거릴 만큼 요시코는 싫어하는 숙어이니까요… 그렇지만 확실히 그때 보낸 편지 내용이라면 얼마든지 제멋대로인 기분도 조절했으니까, 당신에게 그렇게 보였던 것도 당연할지도 모르지만, 그때 나한테 화를 내고 내서 홧김에 써 버려서 그랬겠지요.

재성. 그렇지만 요시코는 춤을 잘 춰요. 좋은 음악을 듣고 있을 때 기분이 좋아져서 감격하고 방 안을 뛰어다니거나, 내 마음속의 감동이나 정열을 지금, 누구에게도 호소할 수도 없고, 의지할 곳 없는 나는 자연의 유대하고 고요한 대기를 들여 마시는 순간, 잡초 위를 춤추며 뛰며 돌아다니거나 할 때만 동심으로 돌아간 것 같은 기분이 들어요. 앞으로도 기쁘거나 감동하면, 꼭 토끼 댄스를 시작해 버리겠지요.

나의 사랑 남편, 용서해 줄 거지요? 당신은 작가이니까. 나의 영혼인 재성이 알아준다면 함께 춤을 춰 주세요. 이제 재성 걱정하지 마세요. 나의 댄스는 영원한 사랑도 작가 생활도 모독하지 않는 것이니까요. 또 한 번의 다음 실언 신청을 해 두겠습니다. 요시코는 바보라서 정말 자신이 말한 말에 책임을 지는데 한 고생하니까요.

그런데 그런데, 카투사와 카르멘을 쓰기까지 나도 말하지 않았군요. 곤란하네요. 내 성격 안에 이런 분자가 자기 안에 있다니 생각지도 못했어요. 미안해요. 미안합니다.

이거야말로 새 빨간 거짓말인 걸요. 내가 카투사랑 카르멘의 흉내를 낼 수 있는 정도라면 당신과 사랑에 빠지지는 않았겠지요. 그리고 이런 창백하고 쓸쓸한 표정은 하지 않았겠지요.

이럴 때 어머니 이야기를 꺼내 미안하지만 나와 많이 비슷하다는 엄마는 여자로서, 한편으로는 육체적인 매력을 품위가 있는 아름다운 사람이지만, 난 전혀 반대로 잠자코 있을 때의 표정은 차가운 느낌이라고 생각돼요. 분명히 어느 쪽이라 하면, 여자 교사 같은 모습에 가까운 것 같네요. 그리고 전혀 색기가 없기 때문에 여동생이 엄마보다 할머니 같다고 느끼는 것도 무리는 아닌 것 같네요. 그 편지를 쓸 때 당신에게. 내가 없어서는 안 될 사람이라는 일념으로 자기 자신에게 악담도 많이 할 생각이었지만 당신에게 걱정을 끼쳐서는 안 되기에, 용서해 주세요. 재성.

당신의 큰 걱정이 나의 심정을 파악하고 있겠지요. 요시코는 명예나 허영심에는 정말 집착이 없어요. 고가인 보석이나 옷 따위를 동경하지 않아요. 이러한 물질의 허무함을 뼈 속 깊이 맛보고 있는 난 아마도 당신과 가정생활로 불평을 하거나 푸념을 늘어놓는 일은 없다고 단언할 수 있어요. 인생에서 곤경과 신산을 우연히 만났을 때야말로, 남편의 손을 잡고 눈 한가득 눈물을 머금고, 다정한 말로 머릿속의 모든 진심과 표현을 가지고 당신을 열심히 격려하겠지요.

그리고 어떤 곤경에도 한탄하지 않고, 당신을 믿고, 꿋꿋이 싸우려고 하고 있어요. 재성 믿지 못하나요? 아니요, 믿어 주세요. 알아주실 거지요?

사랑하는 남편에게 이런 걱정거리를 안겨줘서 눈물이 나오려고 합니다. 되는대로 엉망진창 수다만 떨어 버렸네요. 난 좋아하는 수다를 하고 있으면 낮도 밤도 한밤중도 잊어버리고 마니까, 쉴 수가 없네요.

이미 벌써 스토브 불도 꺼졌는데, 할머니의 숨소리만 씩씩 들려오고, 문 밖의 봄을 등지고 차가운 비와 돌풍으로 진눈깨비가 내리는 으스스한 소리가 나는 밤이네요.

나의 손도 몸도 점점 차가워져 가네요. 나의 사랑 남편, 편안히 주무세요. 난 당신의 환영에 꼭 안겨, 깊은 행복 속에서 당신의 다정한 소리를 아련히, 그리고 귓속 끝 깊이 세기며 미소 지으며 내일 아침까지 꿈나라로 갈 거랍니다.

저기 있잖아요, 꼭 어서 빨리 데리러와 줘요.

그럼, 유성 아주버님, 모두들에게도 안부 전해 주세요.

1947년 4월 23일 밤
당신이 사랑하는 오데코

1947년 4월 27일

사랑하는 남편, 먹보 시라 씨.

2월 24일은 네 장과 2월 25일(no.B/no.C)은 두 장, 여섯 장의 엽서와 오사카의 김광자 씨로부터 긴 장문의 편지와 토시코가 "언니, 북해도에서 뭘 그리 꾸물거리고 있어? 빨리 돌아와!"라는 톤코 식의 느닷없는 종잇조각 같은 것을 보내주었었어요.

난 변함없이 계속 목메어 울기만 하고 편지만 읽고 있어요. 초연한 70살의 할머니. 늘 갖고 계시는 할머니마저도 눈물을 하염없이 흘리고 있습니다. 당신의 멋진 편지로!!

김 상의 편지에는 "조선에 없어서는 안 될 박 선생님을 위해 전 조선 여성에게 부탁합니다. 부디, 박 선생님 곁으로 돌아가게 해 주세요."라고요. 정말 정말로, 내 목숨을 걸어도 아깝지 않은 박 선생님! 당신에게 소망합니다. 요시코는 너무 운 나머지 눈은 퉁퉁 부었고, 가슴속은 재성으로 가득 차 있고, 머릿속은 텅 비어져 있습니다.

이달 4월에 들어와서부터는 선거로 라디오는 아침부터 밤까지 입후보자들의 정치 방송, 길거리 연설, 극장에서 연설회, 입후보자 몇 명이 간판 삐라 등 걸는 곳마다 선거 종이로 항구는 살기 기운마저 드는군요. 나도 숙부랑 그들에게 자극되어 분개하거나 감격하거나, 때로는 새벽까지 유물론자 청년들의 의논하는 곳에 들어가거나, 잡담을 나누거나 하면서, 4월은 거의 대부분을 당신에게 편지를 보낼 수 없을 만큼 마음의 안정이 안 됐습니다. 그렇지만 잠을 자도 잠을 깨도 재성을 잊은 건 아니니 걱정하지 말고, 용서해 주세요.

그리고 요즘 1주일 정도는 몬순(계절풍의 하나. 아라비아해에서 여름에 부는 남서풍과 겨울에 부는 북동풍)의 장난으로 또 다시 겨울이 온 것 같은 추위로 우울한 나날들에 갇혀 버린 것 같아요. 하지만, 간신히 어제 아침부터 날씨도 평온해지면서 나는 오랜만에 봄의 들판을 산책할 수가 있었어요. 포켓에 손을 넣어 소처럼 천천히 걸었어요.

　고원지대의 학교 클로버 교정을 지나거나, 눈이 녹아 물웅덩이가 되어 탁해진 강줄기의 당당한 소리를 들으면서, 논두렁을 묵묵히 목적지 없이 걸어 봤습니다.

　얼굴과 목덜미에 스치는 차가운 바람은 얼굴을 씻은 듯한 느낌이 들고, 몸 전체의 피로를 씻어내려 가는 듯, 기분이 맑아지는 순간이었습니다. 발밑에는 약초랑 작은 머위 잎사귀, 간신히 싹이 난 뱀 밥, 들쭉날쭉한 가느다란 잎의 산 와사비, 살짝 비스듬히 목을 들어 피어 있는 한 개의 애잔한 꽃, 둥근 클로버 잎, 모든 이름 모를 풀들은 봄의 숨소리에 싹을 틔우고 있네요.

　나는 나도 모르게 "와아! 어쩜 이렇게 자연은 멋진 걸까!"라며 혼잣말을 하곤, 깊디깊은 자연의 품속에서 신의 섭리의 신비로움, 아름다움에 매료되어 눈물을 머금고, 미소를 지어 자연에게 애정을 보내고 있습니다.

　그리고 당신 모습의 환영과 이야기를 하면서 잠시 서쪽으로 지고 있는 붉은 석양으로 논의 물에 길게 비친 자신의 모습과 함께 걸어가고 있습니다. 이런 한때를 정말 좋아해요. 그리고 인생의 여유와 기쁨의 활기를 뼈 속 깊이 느끼는 시간이기도 해요.

나의 목숨보다 소중한 재성, 당신은 우리가 살 집을 빌려 놓으셨지요. 기뻐요. 난 내 맘대로 생각하고 즐기고 말았어요. 그러나 너무 사치스런 준비는 하지 말아 줘요. 부탁드려요.

요시코는 10년 전의 가난한 아파트 하나를 꿈꿨지, 결코 훌륭한 집이랑 편한 생활도 생각하고 있지 않으니까요. 요시코는 시라노(재성의 일본식 이름) 상과의 현실 생활은 비참할 정도의 생활을 각오하고 있어요.

부디, 당신이 쓰는 문학의 글자 한 자라도 돈 때문에 팔리는 건 싫어요. 전 그게 제일 걱정입니다. 요시코는 아무리 괴로울지언정 당신에게 예술의 절개를 굽히는 것만큼 슬픈 일은 없으니까요. 절대, 무리를 해서는 안 됩니다. 난 벌써 재성의 곁을 떠나 몹시 외로워 죽을 것 같은 심정이니까요. 지금은 아무리 괴로워도 견딜 수 있으니까요. 염려 말아 주세요. 목숨을 건 지금의 나는 세상 아무 것도 두렵지 않아요.

더욱이 지금까지의 세상의 슬픔과 기쁨의 생활을 보내

면서 죽음을 맞이한 수많은 사람들에게 마음속 깊이 찬미와 멈추지 않는 눈물로 지내는 요시코이니까요.

재성 가난 따위는 아무렇지도 않아요. 참새도 눈 속에서도 살아가잖아요. 그보다 인간으로 살아간다면 영혼을 아름답게 여기지 않으면 안 되는 거잖아요. 아무런 가치도 없어요.

나의 소중한 재성, 정말 걱정하지 말아요. 지금 요시코는 모든 것을 생각하도 염두해 두고 있으니까 괜찮아요.

그리고 10년 전의 박정을 항상 미안해요, 죄송해요, 용서해 달라고 사죄하고 있어요. 한 번 더 용서해줘요. 재성은 눈물을 머금고 있어요. 난 당신에게 세상의 어느 남편에게서도 느낄 수 없는 위대함과 박 선생님에게 절대적 지지를 내 목숨을 걸고 맹세할 수 있어요.

다정한 시라노 상!

당신의 아내는 울면서 당신의 이마에 입맞춤을 하고 있어요. 두 번 세 번이나, 셀 수 없을 만큼….

재성, 나의 엄마를 어떻게 생각해요? 요시코의 어머니는 얼마나 당신의 진실한 사랑의 말에 기뻐하고 있는지 몰라요. 엄마는 분명, 눈물을 머금고 당신의 엽서를 읽고 또 읽으셨는지 몰라요. 반드시 기필코! 겉으로는 불행하고 불효자인 바보 같다고 하지만 나 때문에 얼마나 큰 무한의 모성애를 당신의 진심에 쏟는 것일까요. 그것은 믿고 있음에 틀림없어요. 고마워요. 나의 남편.

진실된 말은 빛나는 빛을 모두의 가슴에 남기는 법인가 봐요. 그러나 그런 당신은 나는 위해 고통과 고생은 하지 말아줘요. 공부에만 전념해 주세요.

그럼 만나는 날을 즐겁게 가슴속에 품고… 모두에게 안부를…

당신의 사랑 오데코
1947년 4월 27일

1947년 5월 6일

사랑하는 박 선생님.

너무나도 사랑하는 남편.

4월 2일 세 장의 엽서 너무 고마워요. 요시코는 당신에게서 온 편지를 무릎을 치거나 할머니의 어깨나 무릎을 치거나 하면서, 개짓는 소리로 웃거나, 나쁜 말을 해서 읽었지만, 역시 뺨에 흐르는 뜨겁고 뜨거운 눈물이 뭉클해져 옵니다. 내 가슴은 격하게 고동치고 있어요.

문밖의 봄비 내리는 소리를 들으며 라디오에 흐르는 피아노의 달콤한 리듬에 둘러싸여 갈색의 유리컵에 피어 있는 수선화의 샛노랗게 핀 꽃과 봉오리에서 막 핀 두 송이의 꽃을 바라보며 숨겨 왔던 생각을 이야기해 봅니다.

어쩜 이렇게 행복하고 아름다운 인생의 한순간일까요!

난 이런 한순간의 꿈이라면 죽어도 좋아요. 당신의 편지를 보는 듯 기쁘고 기뻐서 장난을 치며 춤추는 심경일 때도 종종 있지만 요즘 또 깊고 깊은 고민이 날 덮쳐 오네요.

그것은 무한한 회의입니다. 공부를 안 한 바보의 어린 생각이기에 당신이 본다면 웃어 버릴 만큼 유치한 공상적인 것일지도 모릅니다. 그렇지만 요시코에게는 요시코 나름대로의 철학적인 고민인 것입니다. 난 지금 모든 것들이 이해가 안 되어 가고 있어요. 그리고 이해가 안 되는 것을 이해가 안 되는 대로 계속 생각만 하고 있네요… 그리곤 빨리 조용히 마음의 안정과 처해진 환경에서 모든 공부를 자기 힘으로 헤쳐가지 않는 한, 목숨이 붙어 있는 한, 하고 싶다고 생각하고 있어요.

어젯밤은 숙부님의 대학 졸업 기념 앨범을 내고 와서 츠보우 박사님, 아인스타인 박사님, 그 외 많은 교수분들의 얼굴을 물끄러미 아무 생각 없이 쳐다보고 있었습니다. 난 혼자서 감동해서 뭔가 마음에 새기고 있는 것이 있습니다. 그런데 있죠. 학자들은 사진으로 봐도 눈빛이 평범한 사람들하고는 다른 법. 그리고 지식으로 가득 찬 눈, 꽉 다문 입에는 강한 의지와 수많은 고난을 극복한 엄연함, 숭고함이 가득 넘쳐흐르는 듯이 느껴졌어요.

그건, 사람들에게는 제 각각의 개성에도 훌륭하고 아름다움을 느낄 수가 있는 법이니까요… 요시코처럼 아둔하고 바보인 사람에게는 없네요. 난 정말 벌레도 이도 찾아오지 않는 하나의 물체에 지나지 않은 것 같아서 죽고 싶은 마음이에요.

재성에게서, 퀴리 부인을 닮았다는 둥 여자 학자 같다는 말을 들으면 건방져 지기는커녕 얼굴이 화끈거려 울상이 되어 벽장 속이라도 도망가고 싶을 정도에요. 그리고 지금까지 인간으로서 생을 사는 이상, 어떤 가르침을 받고 무엇을 깨달았는지를 생각하면 갑자기 화가 치밀어 올라 막 날뛰고 싶어져요.

난 항상 요즘 이러하지만, 감격이나 분개해서 자주 눈물을 흘리지만, 그 순간이 지나고 생각에 잠기면 공연히 외로워지고 마네요.

나의 사랑 재성, 나의 남편, 이제 잡담도 이것으로 그만두겠어요. 어차피 해결되거나, 긍정적으로 결말점이 없는 이해 안 되는 것이니까요. 그보다 톤코짱이 오늘 동봉해

온 편지가 재밌고, 마음에 들어서 글로 적어 봅니다.

"언니 편지 고마워. 동경에서는 사람의 마음을 흔들리게 하는 벚꽃도 지고 멋진 나무 사이에 일찍이도 단오절의 고이노 보리(단오절에 여러 개의 잉어모양의 종이 연을 매다는 풍습)가 걸려 있는 것을 보고 있어요. 올해 꽃구경은 인파가 많아서 안 갔어요. 결국 20일 아버지 기일에도 가지 못했어요. 못된 놈들이라고 생각하시겠지요.

아버지를 잊은 건 아닌데, 어쩐 일인지 너무 바쁘네요. 게다가 선거가 계속되고 어머니는 거기에 너무 열을 올리고 있는 듯하고, 집에서 공산당 지지로 투표는 했지만 ⋯⋯⋯생략⋯⋯⋯ 입후보를 전가한 숙부는 뭐지?

언니는 여전히 외로운 것 같네. 북쪽에도 봄이 왔는데, 언니의 마음은 늦가을의 들판을 거닐듯 너무나도 봄이 멀게 느껴지네요. 밝게 쓰여진 편지라도 그대로 받아들이지 못할 때가 있어요. 그렇지만 인간은 모두 외톨이가 아닐까요.

난 시로야마 공원 강 근처에서 문득 그런 생각이 들더라고요. 청춘의 환희가 불타는 젊은 커플도 많이 있지만 마음이 외톨이인 짓 짱(톤코의 여자 학교 시절 친한 친구인 듯)과 나 말고도 있는 듯했어요. 그래도 별별 생각을 하고 있는 사이끼리 여행을 하는 것도 그다지 나쁘지 않은 것 같네요.

'봄이다! 꽃구경이다!'라고 전하는데 일부러 눈 구경으로 추운 니가타까지 가다니 정말 톤코답지요. 후후훗… 북쪽으로 여행을 하다니… 피에로 여행이라고 이름 붙였어요. 돌아오면 많은 이야기를 들려줄게요. 그럼 적어도 열심히 편지를 쓸 것이니까 외로워하지 말고 기다려요. 멀리 떨어져 있다고 생각하면 외로워지지만, 그렇게 생각은 안 할래요.

아, 맞다. 저번에 에이코가 오빠(니시야 마코토 38세, 미치코의 남편)에게 딱 달라붙어서 요코하마에 갔었어요. 그러곤,

"미츠키 짱(미치코의 별명)은 건강하네. (선천성 심장병으로 건강이 안 좋은 상태) 안심해. 그리고 어머니는 재성 씨의 편지를 볼 때 봄의 해님 같은 얼굴로 방긋방긋 웃는 거야? 먼 옛날 젊었을 때라도 생각하는 것처럼 호호호….

어머, 쓸데없는 말만 많이 써서 미안해요. 재성의 편지가

있는데 그죠? 외로움을 잘 타는 순정적인 베가본드에게 꿈 많은 당신의 여동생으로부터."

재성, 토시코의 순수한 영혼이 느껴지나요?

멋진 편지이죠? 난 이성이 결여된 걸까요? 이론을 낸 이론가의 말보다 이런 여자의 순정에 감동해서 눈물이 번지네요. 정말 바보라도 순수한 것에는 사랑이라고 말하겠지요.

당신의 사랑 요시코는 이런 순정을 항상 갖고, 양심 생활을 충실히 지키면서 하루하루를 보내고 내 마지막 남편인 박재성의 마중을 기다리고 있는 바입니다.

모두들에게 안부 전해줘요.

1947. 5. 6
재성의 사랑 요시코

(추신) 나의 재성, 기록 같이 쓴 예술미 없는 책이지만, 요즘 2~3일 동안 『옥중 생활 18년』이라는 책을 한 밤중에 울면서 읽었어요. 마음속 깊이 여러 가지 생각

을 하게 했어요. 그리고 내 가슴은 뜨거운 불꽃같은 것이 피어나는 기분이었어요. 난 14일 석탄을 보기 위해 탄광에 올라가서 5월 중순이 지나 무로란(홋카이도의 도시)에서 배를 타고 동경으로 돌아갈 생각이에요. 기필코 봄의 선박여행은 환상적이고 마음이 편하고 느긋하겠지요. 벌써부터 기대되는군요. 만약 편지를 쓸 수 있으면 당신께 편지를 쓸 거예요.

1947년 5월 8일

사랑하는 내 남편, 북서풍이 불고 굴뚝에서 나오는 회색의 연기도 옆 방향으로 흐르고, 잔뜩 흐린 날씨는 대기 속으로 흘러가네요. 그리고 농부는 봄 농사로 여념이 없네요.

요시코는 지금, 우두커니 멍하게 나른해져서 아무 생각도 없고, 내 뇌는 느릿하게 활동하고 있어요. 오데코는 북쪽에 있을 때 당신에게 엄청난 애칭을 받고, 이상하게도 아편중독이 된 것처럼 하루 한시도 당신의 환영에서 떠날 수가 없어요. 재성, 당신이란 사람은 코카인처럼 내 목숨을 쥐고 있군요. 나쁜 사람.

그리고 재성과 요시코는 정말 멋진 숙명적인 사랑을 했네요. 가끔 생각하면 생각할수록 운명이 전하는 신비를 따를 수밖에 없는 것 같아요.

정말 정말로, 이런 행복이 와도 되는 걸까요? 재성? 있잖아요. 재성도 그렇게 생각하지 않나요? 당신은요, 사랑하는 아내한테 반했다든지 반하지 않았다든지 강하게 말씀하시지만 망설이지 말고 홀딱 반해 버리세요. 반해 버리면 행복해지니까요. 알겠지요? 나 정도의 좋은 사람은 재성에게는 없을 테니까요. 호호호…

게다가 난 자주 머리가 대머리가 된 아저씨나 백발의 영감님들한테 "당신은 정말 사랑을 좋아하는 사람이다! 이런 사람을 아내로 맞은 사람은 위대하고 출세하겠군."이라는 말을 듣곤 해요. 내가 좀 건방져도 괜찮겠지요?

또 어떤 노인은 "당신은 어려운 결혼을 하는군. 평생 의·식·주를 걱정해야 할 고생이 따르지만, 일확천금의 꿈은 꾸지 말고 목적을 향해서 노력을 하면, 반드시 많은 사람들의 위에 설 것이다. 그리고 당신의 운세는 30살이 지나지 않으면 펼쳐지지 않는다. 그리 되면 80살까지 장수할 것이다."라고 하더군요. 그리고 난 다음 그 노인은 나에게 "지지 말고, 최선을 다하거라."라며 계속 나의 모습이 사라질 때까지 바라보고 있었어요.

정말, 이런 바보, 바보 같은 것은 기대도 믿지도 않아요.

요시코는 스스로의 의지에 의해서 인생을 끝까지 살아나
갈 생각이니까요.

재성 씨, 당신과 어울리지 않는 허풍을 떠니까, 나도 주
고받았던 거예요. 오데코는 이것으로, 한편으로는 차갑고
우쭐하지 않은 면도 있으니까요. 그리고 죽음을 두려워하
지 않고 대범한 갓파(물속에 산다는 어린애 모양을 한 상상
의 동물)의 아이니까요.

어찌되었던 재성 같은 정열가이고, 청교도(결백한 사람)
는 생기 있는 인간의 즐거움을 알면, 오히려 다루기가 힘든
법(?). 이런 사람과 함께 기염을 올리면 우쭐해져서 인생은
다툼뿐이고, 안 좋은 기억만 늘거나 장애물만이 가득 남아
있겠지요. 그렇게 되면 안 돼요…….

이런 추태를 보이고 싶지 않으려면, 요시코가 더욱 더
분발해서 고생을 짊어지지 않으면 안 되는 것이군요. 재성
웃고 있는 거 아니에요? 웃지 마요. 나도 하나밖에 없는
목숨을 걸었으니까 묵묵히 지켜 봐 주세요. 미안, 투정을
부려서요. 참아 주세요.

나의 사랑하는 남편에게

(당신의 허풍쟁이)

1947년 5월 10일

　나의 개구쟁이, 내가 가장 좋아하는 사람, 가장 사랑하는 남편, 당신의 요시코는 변덕스런 계절 봄의 감기에 걸려서 편도가 붓고 열이 나서 회색빛 구름으로 흐려지는 양춘(정월의 딴이름)의 하루를 온수 통에 뜨거운 물을 부어 따뜻하게 해서 자고 있어요.

　오늘은 아침부터 금식을 하고 있어요. 전혀 식욕이 없는 걸요. 그리고 이 기회를 이용해서 산코난정이라는 회충약과 아주까리기름을 먹어서 배에서 꾸르륵 꾸르륵 소리가 나고 있어요. 내 치료법은 너무 엉터리이지요. 목 안의 염증에 회충 퇴치 예방 계획을 세우다니 요시코가 아니면 할 수 없는 일이지요. 이렇게 해서 쉬고 있으면 낮에는 일부러 의식이 없이 정신이 돌아오지 않는 듯, 여러 잡다한 소리를 들으며 자고 있어도, 번뜩 눈을 떠도, 생각하고 또 생각해도, 오로지 내 사랑 남편만을 생각하고 있어요.

배 속은 텅 비어도 고통스럽지는 않아요. 미열이 있는 머리를 베개에 묻고 그리운 당신의 거센 포옹을 느끼며, 애무를 꿈꾸거나 다정한 목소리를 생각하며 눈을 감아 재성의 잊을 수 없는 환희에 찬 눈을 계속 바라보며 꿈과 현실도 모르는 경지를 돌아다니고, 마침 병상의 외로움을 행복한 환각에 잠겨 있어요.

있죠. 재성 씨, 난 결코 당신을 불행하게 만들지는 않을 거예요. 요시코는 목숨을 걸고 사랑하고 소중한 남편을 불행하게 하진 않을 거예요. 앞으로는 신념과 자신을 가지고, 행복이라는 멋진 카펫 위에 당신을 생기 있고 빛나게 해줄게요. 꼭, 반드시, 기필코, 진짜요.

지금 당신의 손을 다정하게 꼭 쥐고 눈에서 한줄기의 눈물을 흘리며 맹세합니다. 난 모든 노력과 모든 고통을 극복해서 퀴리 부인보다 위대한 재성의 부인이 될 것이라고요. 당신이 말씀하신 것처럼 말이지요. 난 평생 재성의 아이이고, 순수하고 귀엽고 씩씩하게!

그리고 변하지 않는 정열과 애정을 쏟아 붓는 연인으로, 친구로, 또 바지런한 부엌데기로, 조신하고 분별력 있는 품위 있는 귀부인으로, 언젠가는 제멋대로인 남편의 좋은 어머니로, 당신이 가는 길을 항상 자애가 깊은 눈길로 지켜보며, 무한의 애정으로 모든 것을 자비롭게 힘을 주는 성모 마리아처럼 말이죠.

때로는 침실에서는 당신의 카르멘이며 웃음을 주는 아내이겠지요. 이런 것을 절의 스님처럼 재성은 부정적일지도 모르지만요. 이론이나 도리를 떠나서 인간다운 인간의 입장에서 생각해 보고, 자연스럽게 변화되는 본능적인 향락이 아무리 보이지 않는 큰 힘이 있는지를 지금은 알고 있으니까요. 그리고 이런 지식 결핍에서 많은 비애가 인간에게 주어지고, 남자들은 여자를 울리고 있다는 것을 알고 있으니까요.

가정의 평화와 행복을 지키기 위해서, 그리고 내가 사랑하는 남편을 위대한 인간으로서 전 세계의 민족의 행복을 위해 얼마만큼 아내가 위대해져야 되는지 통감하고 있습니다.

그리고 순수한 진심을 갖고 남편을 조종하지 않으면 안

된다고 생각하고 있어요. 어째서 칭찬을 받아도 우쭐된다거나 건방지거나 자랑도 하지 않아요. 당신이 미칠 만큼 그립고 보고 싶어도 꾹 참고 진지하게 생각에 빠져 있어요. 재성이 내 머리 숱이 거의 다 빠져 도망 갈 정도네요. 허영심으로 센 술을 마신 것처럼 퍼머넨트(고데기)로 머리를 지지거나 짙은 화장을 하거나 하지는 않아요.

단지 조용히 미소를 지을 뿐. 똑똑해 보이려고 이해가 안 되는 이론을 듣거나 진짜 나의 모습을 감추려고 하지는 않아요. 어디까지나 양심 생활에는 충실하고 솔직합니다.

점점 당신과 행복이 눈앞에 다가오고, 점점 더 정열적 사랑은 커지고, 생사의 경계의 고도인 사랑에 미친 요시코는 심각한 고뇌를 찬양하고 있어요.

요시코는 극단적인 개성을 가지고 있기 때문에 자포자기해버리면 끝까지 시궁창에 자기를 유린해 더러운 이지로 판단할 수 없는 마음을 내킬 때까지 함부로 행동해 버리고, 이미 혼자인 난 결국 심판하고 비판을 탐구하고 있겠지요. 그러나 일단 정신을 차려 영원한 빛을 바라보는 것을 알게 된 난 정말 깜짝 놀랄 만큼 청량한 순수와 강한 신념을 가진 정신의 변화를 느끼게 됐습니다.

그것은 재성을 통해 믿음을 가지게 되었기 때문입니다. 그리고 세상이 변했기 때문입니다. 어머! 감기 열이 심해 정신을 못 차리고 너무 많이 잡담을 해 버렸네요. 꼭, 나 이상으로 세상사를 다 아는 당신은 코를 실룩이며 피식 웃고 있는 건 아닌지요.

부디 많이 웃어 주세요. 난 갑자기 편지가 지저분해져서 걱정이네요. 연필로 너무 급하게 쓰다 보니 급 피곤이 몰려 오는군요. 감기 때문이겠지요.

내 사랑 남편, 당신과 함께하는 생활을 요시코는 열심히 창작해 가볼게요. 재성을 행복하고 멋진 작가로 만들기 위해 남편의 행복은 곧 아내인 나의 행복이니까요.

만나 뵐 날을 신께 빌겠습니다.

1947년 5월 10일
재성이 사랑하는 여선생

(추신) 11, 12, 13일은 산의 신사 축제입니다. 이 탄광지대
에서는 1년 중 가장 번화한 축제라고 해요. 이 지방
의 축제에 오르는 사람들은 극단의 연기를 보러 가

기 때문에 재성에게 편지를 쓸 수가 없어요. 그리고
기쁜 일은, 숙부님의 친구 분들 중 한 분이 '애정은
옛 내리는 별과 같이'라는 좋은 책은 내일 보내주신
대요. 난 또 눈물바람이 되겠지요. 그리고 결국 깊은
생각에 잠기고 말겠지요.

1947년 5월 26일

　사랑하는 재성, 나의 남편, 다정하고 강한 시라 상, 요시코는 잘 때도 깨어 있을 때도 재성만을 생각해서 핼쑥해져 있어요. 북쪽의 짧은 잠깐 동안의 봄도 지금은, 푸른 잎들이 지기 시작했어요. 어느덧 벌써 동경을 떠난 지 7개월. 내 인생에서 잊지 못할 추억이었어요.

　지금까지 깊은 반성과 자기비판을 한 탓인지 왠지 모르게 요시코는 갑자기 나이를 먹은 듯 어른이 된 듯한 기분이 들었어요. 그렇지만 아직은 바보 같은 아이랍니다.

　점심이 지나 미열이 있는 상태로 선선한 바람을 맞으며 재채기를 하면서 오랜만에 산책을 해 봤어요.

　"재성 미안해요, 비를 맞아서 결국 또, 감기에 걸리고 말았어요."

문 밖은 비에 씻겨서 눈부실 만큼 아름다운 자연에 계속 감탄하면서 목적지 없는 발걸음으로 당신 생각만 하면서 걸어 봤어요. 자두의 하얀 꽃이 활짝 피었어요. 그리고 그 윽하고 달달한 향기가 그 주위에 가득 퍼져서 잠시 자두나무 밑에 쪼그려 앉아 생각에 잠겨 봤어요.

그리고 푸른 초원은 민들레꽃으로 가득 피어 너무나도 아름다워요. 온통 하얀색과 황금색으로 융단이 깔린 듯하고, 하늘은 맑게 개이고, 바람이 살랑살랑 불자 꼭두서니 가지가 흔들리고, 유채꽃은 향기를 뿜고, 몸도 영혼도 녹아들 것 같은 화창한 풍경이에요.

냉이도 피어 있어요. 텃밭 귀퉁이에는 튤립이 피어 남몰래 사랑스럽게 고개를 들고 있고, 모란은 꽃봉오리가 활짝 피고, 아이들은 밝은 목소리로 노래 부르고 웃고 떠들며 놀고 있어요.

할머니는 밥을 제대로 먹지 못하는 나에게 털 머위, 두릅 등으로 풀 향기 가득한 식용 나물들을 차려 주셨어요. 따뜻한 온기가 있는 계란도 함께요. 할머니의 애정에 울고 말았어요. 어제도 또 달고 단 맛있는 식혜를 만들어 주셨어요. 연세 지긋하신 할머니의 손녀에 대한 사랑은 격려와 힘을 주었어요.

요시코는 몸이 몇 개라도 되어서 재성에게, 할머니에게 착 달라붙어서 죽는 순간까지 기쁨을 드리고 싶어요.

재성에게 편지를 쓰지 못했을 때 여러 가지 트러블이 있었어요. 탄광 축제, 사촌 동생의 가족 다툼, 큰 화재, 새벽까지 논쟁이 된 여러 사람의 인생 문제, 엄마의 최근 근황의 편지, 김광자 씨로부터 온 세통의 편지, 탁아소에서 지낸 하루.

수 명의 젊은 보육교사들과의 회식. 귀경하는 나에게 팥밥을 지어 저녁밥을 대접해 준 사람. 유형무형의 여행에서 사람들의 인정을 만끽했어요. 이곳을 쉽게 떠날 수 없을 것 같네요.

어느새 세월은 벌써 반년이나 지났지만, 정말 훌쩍 계절은 겨울, 장갑 하나 없이 할머니의 따뜻한 온기에 겨울을 헤쳐나갔고, 숙부를 통해 알게 된 많은 사람들, 그리고 같이 일하는 사람들에게 사랑 받고 친해지고, 짧은 기간 동안 물질적인 빈곤은 있었지만, 정신적으로는 귀중하고 풍부한 여행이었어요.

지금까지 나의 인생에서 이렇게 소박하고 아름다운 일들이 있었을까요? 그리고 이런 알몸인 모습으로 생활을 한 적이 있었을까요? 요시코에게는 돈도 없고, 옷다운 옷도 없었는데, 그 누구도 나를 바보 취급을 하거나 싫어하거나 하지 않았어요. 이 사람들의 순수함, 꾸밈없는 진심, 따뜻한 말 한 마디는 '역시 세상은 돈보다 소중한 것이 정말 있었구나.'라고 가슴속 깊이 감동했어요.

이번 수개월 동안 주관적인 감정은 접어두고 남자인지, 여자인지 모를 태도로 일하는 사람들과 이야기하거나 농담을 주고받거나 장난을 치거나 내가 아는 것을 가르치거나 배우거나 하면서 여기 탄광에서 인기인이 되었었어요.

필시 일하는 사람들의 마음과 내 마음이 하나가 되어 따뜻한 인정의 교류를 했었기 때문이겠지요. 진짜 정말 기대하지 않았던 여행은 내 인생에서 잊을 수 없는 여행이 되었어요.

사랑하는 재성, 요시코는 북쪽 여행의 베개로 잠깐 잠을 청해 내가 이 세상에 태어나 30년의 세월을 조용히 깊게 객관적으로 생각할 수가 있었어요. 지금까지의 환경 속에서는 증오, 분개, 반항심이 내 마음에 가득차서 울거나 난폭하게 굴거나 때로는 광란의 상태가 되거나 유치한 행위를 필연적으로 무의식적으로 하거나 했었어요.

인생을 뜨거운 물로 마음의 고통에서 흘러 보내기 위해 숙명이든 운명이든, 마치 갈 사람한테 애석한 마음을 금치 못하는 듯 체념해서 본래 자기 자신의 약한 의지는 알지 못한 채 바보 같았던 것을 마음속 깊이 반성했습니다. 그리고 마지막까지 자신의 의지를 주의하는 인간은 자유를 보유한 인격이란 것을 알게 됐어요.

있잖아요. 재성, 앞으로 인생에 대해서 결코 만만치 않다는 것을 다시 한 번 느끼게 됐어요. 붉은 지붕이나 마거리트 꽃에 기대를 하는 대신에 난 목숨을 걸고 진지하게 인생으로의 진보와 건설을 생각해서 정말 인간의 행복은 크면 클수록 사람이 모르는 수많은 고난을 극복하는 것에 있다고 생각했습니다.

아아! 이것도 저것도 사랑하는 단 한 사람 재성 당신이 내 마음에 존재해서 각인되었기 때문이에요. 지금은 한탄하는 일, 슬픈 일, 증오하는 일, 압박 받은 것들에 감사조차 하고 있어요. 아니요, 괴로움을 받고 지낸 것도 다행이었다고 생각하고 있어요. 진심을 가지고 경험한 것은 진실이 있기 때문입니다.

앞으로 요시코는 흰 화살이 몸에 박혀도 두려워하지 않을 거예요. 무슨 일이든 너무 놀라거나 마음에 동요되거나 하는 일은 없다고 생각해요.

사랑하는 남편, 너무너무 좋아하는 재성, 당신의 요시코는 강하고 강한 아이가 되었어요. 그렇지만 바보 같은 나 혼자만의 탓은 아니지요? 우리들 사랑은 사회적인 큰 암흑의 배경이 존재하고 있기 때문이에요.

10년 전에 이런 마음을 가지고 있었다면 멋졌을 텐데, 아니, 꼭 뭔가 좋은 목적을 위해 살아갔겠지요. …. 그렇지만 내 육체는 쓰러져 있을지도 모르겠네요. 아아, 이런 건 여러 말할 필요가 없는데요. 재성은 잘 알고 있지요.

빨리 동경으로 데리러와 주세요. 당신을 만난다면 바로 조용한 곳으로 여행이라도 가서 이야기도 나누며 밤새도록 울며 나의 어리석음을 고백하고 참회하고 모든 인간관계를 논하며 창망한 그들에게 손을 잡으며 출항을 할 것입니다.

요시코는 은월을 초월한, 모든 협의의 의리나 인정을 버리고 모두에게 마지막 결별을 하고, 하루라도 빨리 조선으로 당신 곁으로 가고 싶어요.

북해도의 여행에서의 마지막 편지입니다. 28일에 동경으로 출발합니다.

나의 재성, 재성 씨, 몇 번이나 당신의 이름을 불러도 부족한 마음입니다.

1947년 5월 27일

　오늘 해질녘에, 우체통에 여덟 장의 편지 중 재성의 편지도 함께 있었습니다. 잠시 쉬려고 우물가에 발을 씻으러 나갔어요.

　그러자 어두컴컴한 무한의 저쪽에는 초이렛날, 달이 하얗고 휘황찬란하게 비추고, 많은 별들은 빛나고 있고, 머리를 숙이면 주위에는 어린잎의 달고, 희미한 향기가 나고 수백 수천 마리의 개구리 우는 소리가 땅에 퍼지고, 요시코는 잠시 황홀해져서 내내 서서 당신만을 그리워하고, 재성의 생각으로 가득 차서 달님의 얼굴을 고개를 갸웃거리며 바라보고 있었어요.

　어느새 나도 모르게 상상의 세계로 빠져들어 마음을 뺏겨 버렸어요. 주위에 둘러싸인 산들은 마치 통영의 항구의 건너편 강가로. 산기슭의 등불은 통영에서 본 등불로, 그리고 광야는 창망한 바다로.

문득 정신을 차리니 갑자기 외로워져서 당신이 보고 싶어서 눈물이 그렁그렁 맺혔어요.

방에서는 벌써 할머니의 코골이가 들려오네요. 요시코는 지금 이유 없이 재성의 품에서 울고 싶어지네요. 울고 울어서 눈이 없어질 만큼 당신이 그리워 죽겠어요. 이불 속에 들어가도, 옆으로 누워 의자 쪽을 바라보며 이불 귀퉁이를 꽉 물고 할머니에게 안 들리게 울고 있어요. 난 양손을 단단히 가슴에 끼고 엉엉 울고 있어요. 그러자 재성의 청량한 눈, 덥수룩한 머리, 다정한 목소리가 눈앞에 보이는 것 같았어요. 또 그 맑은 눈이 가슴 깊은 곳에서 샘물처럼 혼혼히 쏟아져 나오는 것 같았어요. 요시코는 소리 없는 외침으로 당신에게 울부짖고 있어요. 그러곤, 용서해줘요, 용서해줘, 재성이라며 계속 외쳤어요.

재성은 요시코의 목숨이에요.

나의 재성! 나의 남편! 좋은 사람! 지금 바로 조선에서

날아와 줘요. 제발 부탁이이요. 요시코는 죽을 만큼 당신이
그립고 보고 싶어요! 미칠 듯한 정열의 한 순간이 지나면
나의 가슴은 맑아지고 눈물 젖은 눈이 부은 만큼 가슴은
후련해집니다. 제멋대로 해서 미안해요.

　저기 머나먼 나의 최고의 사랑 남편. 다정한 재성. 편히
주무세요.

　　　　　　　　　　　　　　1947년 5월 26일 밤
　　　　　　　　　　　　　　당신의 행복한 아내.

……재성 당신이 데리러오면 바로 배를 타 돌아갈 준비는
다 되어 있으니까 동경에서의 생활은 염두에 두지 말아
주세요.

요시코의 편지 3

: 1947년 6월 8일~1947년 8월 25일 다시 동경에서

1947년 6월 8일

　내 최고의 사랑 남편, 난 북해도에서 저녁쯤 간신히 숙부와 함께 살인 열차를 타고 마이코의 숙부 집에 도착했어요. 차창으로는 계속해서 전개되는 풍경을 바라보며 당신만 생각했어요. 감자 꽃은 희고, 양배추는 속이 알차고, 메밀꽃도 피고, 보리는 누렇게 익고, 못자리는 연녹색으로 아름답고, 새하얀 백로는 녹색 안에서 유유히 돌아다니네요. 불행한 내 사랑.

　당신은 양옥집에서 일광욕을 하며 내 생각만 하고 있나요? 밥은 어디서 먹나요? 어디서 자나요? 이 정도의 생활 질문은 서로 무의미하네요. 있죠. 있잖아요. 반드시 생활 계획표를 만들어서 생활해 주세요.

　계속해서 이상과 현실의 세상이 시시하다는 것에 통감

해요! 떨어져 사는 것도 이제 별로 남지 않았네요. 동경에 돌아가면 내가 귀선 준비를 할까 봐요?!

그 대신 아무 것도 못 들고 가요. 난 알몸이니까요. 좀 더 구체적인 생활을 생각해 주세요. 난 고생할 각오는 하고 있어요. '어떻게든 되겠지'라고 생각하고 있어요. 연락이 오지 않으면, 내가 직접 돌아가는 방법을 알아볼게요.

그럼 또 연락해요.

1947년 6월 18일 밤

　나의 큰 책상 위에는 오늘 또 괴테, 바이런, 하이네, 스트
린드베리, 고흐, 고야, 빈델반트의 철학 개론, 성경책 등
복잡한 책상에 팔을 괴고 한탄해 봅니다. '나'라는 바보를.

　세속의 엉터리 거짓말 속에 괴로움과 연정을 계속 극복
하고, 겪어 본 사람만이 아는 진실과 심정의 탐구를 하고
있어요. 그리고 조용히 자기비판을 하고 있어요.

　아아! 재성, 지금은 아무 것도 숨겨선 안 돼요. 가치가
있든 없든 개의치 말고 말해 주세요. 이런 비극이 이 지구
상에 있는 걸까요?

　사랑하는 남편이여, 지금 단순한 문제가 아니에요. 진실
을, 몇 번이나 다시 만날 날을 되묻지 않게 해 주세요. 통곡
할 슬픔이 나를 미치게 하고 목숨조차 끊어 버리고 싶을

지경입니다.

사랑하는 나의 작가, 당신의 내 마음속을 도려내는 듯한 진실한 말을 난 절대적으로 믿습니다. 죽음이 닥쳐오더라도, 요시코는 심장에서 솟구치는 붉은 피를 전부, 당신에게 바칩니다. 사랑하는 재성에게 절대적인 순수와 정열을 당신의 예술에 바칩니다. 내 삶을! 목숨을! 한 사람의 인격의 정신적인 죽음에 이르면 내 피를 나눈, 수많은 사람 대한 애정을 배신하는 것이고, 엄마조차 버리게 되는 것이니, 어떻게 하면 좋을까요. ….

아아! 재성 나같이 맹목적인 정열을 순수하게 인생으로 끌고 오려고 하는 자가 있을까요? 밀림을 여기저기 돌아다니는 맹수와 생활하는 타잔 같은 맹렬함입니다. 생명을 건 절대적 사랑인 것입니다. 백만 명의 사람들의 충고도, 비난도, 단두대도 두렵지 않습니다. 이런 괴로움보다 당신에 대한 사랑은 위대하기 때문입니다. 주위의 모든 사람들과 유일하게 할 수 있는 것은 엉엉 우는 것뿐입니다.

아아!! 재성 알아주세요. 당신은 내가 갖고 있는 기대를 내 생애 모든 걸 걸고, 절대 배신하지 않겠다고 자신 있게 말했었지요?

아아!! 신이여, 요시코는 맹인이 된 건가요? 아니면 미치광이가 된 건가요? 내가 만약 불구자가 되면 평생 의식 없이 살도록 해 주세요.

요시코는 목숨을 걸고, 인생의 마지막 순간까지 믿고 싶어요. 비록 살은 찢기고, 몸의 피 한 방울까지 검은 대지가 빨아들인다 해도 요시코는 재성을 믿고 있어요. 그리고 그것 외에는 내가 살 수 있는 길은 없어요.

나의 재성, 당신이 오실 날이 내 생사를 결정할 날입니다. 조선에서 오시는 도중하차해서 승합자동차를 타고 표기의 주소로 찾아와 주시길 바랍니다.

사랑에 빠진 눈먼 장님이

1947년 7월 2일

나의 최고의 사랑 시라 상.

내가 감정에 격하고, 표현도 추상적인 편지 내용이 얼마나 당신에게 걱정을 끼치는 걸까요. 용서해 주세요.

마이코의 숙부님은 "요시코는 어려운 아이다. 날뛰는 소 같다."라고 말했어요. 그렇지만 숙부님도 주위의 누구보다도 내 진심과 눈물을 알고 있기에 화를 내지는 않아요.

내가 나쁜 말을 해도 미소를 지으며 들어주시고, 나는 못 당하겠다고 말씀하세요. 난 언제나 진리와 진실을 위해 화를 내며 날뛰는 것입니다. 호랑이 새끼인 요시코는 재성이 아니면 제어가 안 되고 훈육도 할 수가 없어요.

나의 남편, 행복하고 건강히 있어 줘요.

모두에게 안부 전해 주세요.

1947년 7월 6일

사랑하는 재성, 요시코를 데리러 일본에 올 때 너무 많은 돈은 가지고 안 와도 돼요. 조금이나마 우리들 가정을 위해 사용하도록 해요. 그쪽에 가서 쓸 돈은 입을 옷 외에는 없을 것 같아요. 단지 걱정이 되는 것은 가는 도중에 배나 기차는 위험하니까 소매치기를 당하지 않도록 해요.

10년 전과 거의 다를 바가 없어요. 식량은 필요한 양만 가져가서 어떤 일이 있어도 굶는 경우는 없도록 할게요. 요시코는 당신과 금방이라도 돌아갈래요. 시끄러운 동경은 재성의 작가 생활에 방해만 되니까요. 그리고 통영으로 돌아갈 때까지는 정숙하고 맑은 사랑으로 돌아갈래요. 재성, 내 바람이에요.

나의 재성, 피곤한 것도, 외로운 것도, 먹는 것도, 다 잊은 요시코는 러브레터만 쓰는 것을 좋아하네요. 지금 상태로는 만날 때까지 '재성 씨! 재성 씨!'만을 부르짖겠지요. 달나라라도 가서 러브레터 선생님이라도 될까 봐요. 될 수 있겠지요? 홍홍홍.

요시코는 북쪽에 있을 때 혀를 찌르는 새빨간 고추를 좋아하게 됐어요. 옛날 통영에 있을 때 마늘 냄새가 싫어서 아무 것도 못 먹어서 신경이 예민해져 병이 났었지만, 지금은 평생을 조선에 있을 것이라서 먹는 것에 불행을 느끼고 싶진 않아요. 조선에 가면 내가 배운 요리를 만들어 드릴게요.

저 요리 정말 잘해요. 그럼 또 편지할게요.

─방자─

1947년 7월 27일

사랑하는 박 선생님, 덥고 찌는 듯한 한여름을 어떻게 보내고 있나요?

요시코는 당신의 모습만 가슴에 꽉 부여잡고, 요즘 2~3일 전부터 시작된 작은 경마장에 가서 찌는 듯한 날씨 속에서 스피드한 스릴을 즐기거나, 많은 사람들의 모습을 신기한 듯 바라보거나, 푸념을 늘어놓거나, 난폭하게 비꼬거나 하는 정말 나쁜 아이였어요.

토시코는 이런 나를 "후라하무"라고 불러요. 후라하무란 언제나 항상 제멋대로 말하거나 화를 내거나 하는 변덕쟁이를 뜻해요. 어째서 요즘 자주 성내고 안절부절못해서 그런 것일까요? 자기 자신이 제어가 안 되는 생활을 매일 보내고 있어요.

아! 아! 나의 재성, 당신은 언제 나를 데리러오나요? 언제 이런 생활에 해방되나요?

몸 건강히 있어 줘요.

1947년 8월 25일

나의 시라 상!

한여름 밤 요시코는 외톨이, 별을 향해 한탄을 해도, 달님께 하소연을 해도, 요시코는 당신 생각뿐이지요, 재성, 내 몸은 보이지 않는 철사로 감겨 감옥의 높은 창에서 내리쬐는 한 줄기 빛처럼.

아아! 이 한탄, 이런 생각이야말로 그리운 당신에게 내던지고 싶어요. 아니요, 그래요. 어차피 나 같은 건 형이상적인 것이 이해될 리가 없는 거겠지요.

재성, 걱정 말아요. 그리고 공부를 게을리 마세요. 로커 같은 요시코는 강하고 강한 여자이니까요. 믿어줘요. 건강 조심하세요.

요시코의 편지 4

: 박삼성에게 보내는 편지와 날짜 미상의 엽서

1947년 3월 26일 〈박삼성에게 보내는 편지〉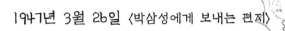

　고집 센 개구쟁이 선생님. 힘차게 휘파람 불면서 센티멘털하게 억지로 열심히 익살스럽게 일하고 있겠지요. 상상하는 것만으로 웃음이 나네요.

　북국의 봄은 "더위도 추위도 춘분"이라는 계절의 경계까지 와 있는데 산은 눈의 베일을 벗지 못하네요. 그래도 양지 바른 경사면은 갈색의 산맥을 보이고 있고, 길가나 냇가의 부근에는 푸른 풀의 싹이 보이지만, 때때로 불어오는 눈보라는 희망의 앞길을 맞이하는 나처럼 변덕스런 날씨로 겨울의 잊혀지지 않는 잔영을 남기고 있네요.

　요즘 며칠 간 온통 삼성과 오빠의 편지로 행복함에 젖어난 뇌막염에 걸린 것처럼 멍하니 바보였던 것 같아요. 독서도 안 되고 창공을 보거나 지나가는 구름을 보거나 하면서 막연하게 한탄만 하는 생각에 빠져 있었는 걸요.

앞으로 뭐라고 말해야 좋을지 모르겠어요. 몽롱하고 지루함에 사로잡힌 난 연필과 종이를 가지고 제멋대로 소묘(데생)를 시작하고 있어요.

'통영항의 부두를 내릴 때 여왕처럼 하고 있을까? 아니면 참새처럼 웃으며 말하고 춤추며 걸을까요? 그것보다 마법을 사용해서 할머니처럼 살짝 당신들 앞에 나타나 줄까?'라면서….

삼성 군에게 색소폰을 사 줄까요? 그러나 너무 고가라서 프롤레타리아인 형수에게는 엄두가 안 나지만요. 뭐가 갖고 싶은지 말해도 좋아요. 내가 사 줄 수 있는 범위라면 선물할 테니 써 보내줘요. 그 다음은 양성과 양성 어머니와 아드님의 장난감도요.

딸랑이가 좋을까? "삐이, 삐이" 소리 나는 피리가 좋을까? 또 착한 세 명의 언니 분들을 지금 나는 옛날의 추억 속을 더듬어 찾고 있네.

항상 건강하길 빌어요.

내 마음의 고향인 통영으로 빨리 돌아가고 싶어요.

날짜 미상 엽서·1

머리는 미친 사람처럼 엉망진창.

무엇을 쓰면 좋을지 모르겠다.

당신의 예술 걸작을.

그리고 영원한 순수와.

(오늘, 샹송 같은 이미지로 생각해 봤어요.)

날짜 미정 엽서·2

토시코로부터 온 편지입니다.

"집 없는 달팽이 같은 언니, 항상 응원해요. 정의로운 자는 항상 이기는 법이니까요. 언니, 슬퍼하거나 안달하거나 하지 말아요."라더군요.

어젯밤은 문 밖의 눈이 살포시 내리는 소리를 듣고 있었을 때 왠지 모를 여러 추억들로 눈물이 계속 났었어요.

재성, 매일 밤, 내 베개 주위에 너덜너덜해진 당신의 편지를 반복해 읽으며, 신께 매일 기도하고 있어요.

재성, 당신은 내 평생의 등불입니다. 위대하고 불멸의 작가로 거듭나 주세요. 항상 신께 기도드립니다.

죽음을 선고 받는다 해도 당신만을 사랑할 것입니다. 믿어 주세요. 재성.

날짜 미정 엽서·3

사랑하는 박 선생님. 매일 어떻게 지내시나요?

하늘을 향해 수천 번, 수만 번 재성 당신을 부르짖어 봅니다. 난 고독과 순수를 사이에 두고 내 영혼을 바쳐 별님께 눈물로 기도드립니다.

아아! 재성, 당신은 나를 언제 데리러오나요?

난 어떤 일이 있어도 진리와 진실을 잊지 않고 혼신을 다해 공부하고 있어요. 그리고 난 정의 앞에 당당하기에 최선을 다하고 있습니다.

날짜 미정 엽서·4

재성에게.

재성, 오늘밤은 당신의 편지를 몇 번이나 읽으며, 여러 가지 회상에 젖어 있어요. 너무 당신의 편지를 읽어서 다 찢어질 정도예요. 잠들려고 했지만 왠지 잠이 안 오네요. 하야시 에미의 '방랑기'를 읽고 있어요.

재성, 2~3일 전 경마를 보러 갔었어요. 여동생의 히데코 (여학교 3학년)와 그녀의 남자 친구와 함께…. 내일 일요일 은 그 남자친구와 여동생 둘이서 복싱을 보러 갔어요. 이렇 듯 난 어디든지 가요. 재성, 이런 날 뭐라 하진 않겠지요?

믿어 줘요. 안타까운 마음으로 날 봐 주세요.

난 자유를 속박 당하는 것에 진절머리가 납니다.

건강히, 행복하게, 안녕히 주무세요.

방자

날짜 미정 엽서·5

재성에게

여동생들의 이야기를 들려 드릴 게요.

미치코는 벌써 네 명의 어머니(두 명은 죽었어요), 지금 네 번째인 아기가 이달 말 중순에 태어났어요. 모성애라는 생리학적 환희를 모르는 난 정말이지 놀라울 따름입니다. 에이코는 미국 하버드 대학에 입학해서 몸 건강히 공부하고 있는 중입니다.

단 한 명의 남동생인 히로미치는 내년에 중학생이 돼요. 비행기나 자동차 모형만 만들고 있어요. 마지막은 포포코, 본명은 와다코, 초등학교 4학년입니다.

극작가 박재성의 아내,
요시코의 편지글에 대한 소고

1. 들머리

　편지글은 자신의 생각과 느낌을 종이에 적어 누군가에게 보내는 글이다. 편지글에는 직접 만나서 전할 수 없는 고마움, 걱정과 우려, 화해와 용서, 사랑과 감동 등 여러 가지 감정과 생각이 담긴 소통의 글이라 할 수 있다. 때로는 편지는 옛사람들의 생활 모습과 그 속에 담겨져 있는 정서를 함께 읽을 수 있는 주요한 문화적 자산의 역할까지도 한다. 그래서 편지는 종이의 발명 이후부터 인터넷 보급과 최첨단의 스마트폰 등장시대에까지도 그 명맥을 이어

갈 수 있었다.

하지만 근대적 학문 연구 형태가 도입되면서 문학적 텍스트에 집중한 학풍이 현재까지 답습되어 오고 있다. 그렇다 보니 사실상 학문적 연구로서 편지글은 고전산문에 치우쳐 있거나 학습적 글쓰기에 치중되어져 있다.[1] 그 까닭은 편지글에 투영된 문학 연구의 기초적 바탕의 중요성을 간과한 데서 비롯되었기 때문이다. 따라서 본 연구는 편지글이 한 문학인의 삶과 행보를 들여다볼 수 있을 뿐만 아니라 그 당시를 살았던 사람살이와 정서를 깊이 투영할 수 있음을 살펴보도록 하겠다.

본 연구의 대상은 극작가 박재성의 아내 요시코가 한국에 있는 남편 박재성에게 보낸 127장의 편지이다. 이 편지가 오고 가게 된 까닭은 광복 직후 한일 관계가 단절되면서

---

1) 편지글은 고전산문에서 이순신과 정약용 등과 같은 위인들 나타난 교육적 가치를 묻는 연구들이 대부분이다. 그리고 편지글에서 가장 널리 논의된 연구는 의사소통의 활용을 통한 교육적 글쓰기에 대한 것들이다. 한편 편지글로 된 소설이나 편지글은 근대문학의 대중성에 많은 기여를 하였다. 최근 들어 20세기 전반기인 1900~1945년 사이에 인쇄, 유통된 독본(讀本), 정기간행물, 서간집 등 각종 매체에 실린 자료를 정리 분석한 김성수의 『한국 근대 서간문화사』(성균관대학교 출판부, 2014)가 발간되었다. 이러한 편지글 속에 투영된 세계관과 현실이 반영된 정서를 분석하는 논의는 우리의 근대문학의 넓이와 깊이를 더해 줄 것이라고 생각된다.

두 사람이 각각 한국과 일본에 떨어져 지내야 했기 때문이다. 그때 일본에 있던 아내 요시코가 1946년 가을에서 1947년 여름까지 남편 박재성에게 보낸 편지이다.[2] 요시코의 남편 박재성(1915~1947)[3]은 통영 출신 극작가로 그에게 늘 따라 붙는 수식어는 '불운의 천재 극작가', '비운의 요절 극작가'이다. 이러한 수식어는 33세라는 그의 짧은 생애와 함께 그의 뛰어난 문학성에 대한 아쉬움 때문일 것이다.

이 글은 박재성의 삶과 문학에 있어서 중요한 역할을

---

2) 글쓴이가 요시코의 편지를 발굴한 것은 꽤 오래되었다. 대학원 석사과정 가운데 있던 1998년 언양으로 답사를 갔던 적이 있다. 언양 출신 극작가 신고송 연구를 위한 준비를 위한 답사였다. 그때 언양에서 의사로 지내고 있던 박재성의 조카(박삼성의 아들)로부터 요시코의 편지를 전해 받았다. 마치 박재성과 요시코의 슬픈 사랑이, 마치 한 편의 드라마처럼 느껴졌다. 글쓴이는 이제야 그동안 묻어두었던 박재성과 요시코의 사랑을 편지 속에서 꺼내 세상에 전달하고자 한다.

3) 박재성은 1915년 통영읍에서 가난한 집안의 3남 2녀 가운데 차남으로 태어났다. 그는 동래고등보통학교를 졸업하고 일본으로 건너가 동경 오세이(법정) 대학 불문과에 입학했다(추정). 1942년 동경제국대학 출신의 문예지인 『적문(迹門)문학』에 희곡 「만추」(전4막)를 실었으며, 1943년에도 같은 잡지에 희곡 「왕관」을 실었다. 그는 문학 전반에 거쳐 뛰어난 재능을 보여 주었다. 그 후, 1945년 조선으로 돌아와 극단 '현대'에서 창작극 「비둘기」를 공연했으나 일제 경찰의 소환으로 강원도로 피신해 있다가 광복을 맞았다. 광복 이후, 고향 통영으로 내려와 통영중학교에서 국어교사로 재직하면서 '통영문화협회' 결성에 중심에 서 있기도 했다. 그는 그 후 봉래극장 당선 기념작 「호풍」, 뮤지컬 형식의 「불어라 봄바람」 등 창작극을 집필하여 통영문화 르네상스의 견인차 역할을 하였다. 그러던 중 1947년 여름방학을 맞아 일본에 두고 온 아내 요시코를 데리고 오던 길에 대마도 앞에서 풍랑을 맞아 33세의 짧은 생을 마감하고 말았다.

했던 일본인 아내 요시코의 광복 이후 발자취를 살펴보고
자 한다. 이를 위해 글쓴이가 발굴·번역한 요시코의 127통
의 편지들을 자세히 들여다볼 것이다. 따라서 글쓴이는 이
글을 통해 박재성의 삶과 문학 행보에 구체적인 관심이
넓혀지길 기대한다. 더불어 국경을 뛰어넘고 문학에 대한
열정을 함께한 그들의 애틋한 사랑이 세상에 전해지길 바
란다.

2. 박재성과 요시코의 만남과 이별 그리고 죽음

박재성은 1915년 통영의 3남 2녀 가운데 차남으로 태어
났다. 그의 아버지가 언제 돌아가셨는지는 확실치 않지만
그의 행적이나 요시코의 편지 속에서조차 박재성의 아버
지는 등장하지 않는 걸로 보아 일찍 타계한 것으로 보인다.
박재성은 동래고등보통학교를 졸업하고, 일본으로 건너가
동경 호세이(법정) 대학 불문과에 입학한 것으로 추측하고
있다. 편모슬하의 가난한 집안, 많은 형제들[4] 사이에서 그
의 일본 유학생활은 그다지 녹록치 않았을 것이라 짐작할

수 있다. 하지만 그에게는 문학에 대한 열정과 작가에 대한 갈망이 넘쳐났다.

또한 박재성은 일본 유학 시절이던 1936년 어느 날 동경의 길상사(무사시노시 이노카시라 공원)에서 그의 문학적 열정과 운명을 함께할 여인을 만났다. 그 여인이 테라오 요시코이다. 그들은 첫 만남에서부터 조선인과 일본인이라는 경계 없이 서로 호감을 느끼고 사랑을 하게 되었다.

"요시코 언니가 집에 돌아와서 말도 하지 않고 가만히만 있는 거야."라는 말과 "공원에서 안과의사가 돌아오는 길에 재성을 만나 이야기를 나누고 있었어."라는 말. 부끄러워지는군요.[5]

1936년 길상사에서 요시코는 사촌 여동생 두 명과 함께 산책하는 도중 재성을 만났다. 그 만남 이후, 그 관계가

---

4) 그의 형제는 3남 2녀로 추정한다. 요시코의 편지를 보면 유성 아주버니, 재성, 삼성, 언니들로 표현되어 나타난다. 그리고 양성이라는 이름도 거론되지만 양성은 "양성과 그의 어머니"로 나타낸 것으로 보아 재성의 사촌 동생으로 짐작할 수 있다.

5) 요시코의 편지, 1947. 3. 30.

어떻게 지속해 왔는지 편지에는 상세하게 나타나 있지 않지만 첫 만남부터 요시코는 재성에게 호감을 가졌다. 그리고 그녀의 편지를 보면 박재성은 요시코 몰래 사촌 여동생들을 자신의 하숙방에 초대하여 요시코에 대한 관심을 들어낸 부분도 있다. 이렇게 그들은 사랑은 결혼으로 이어졌다. 하지만 박재성과 요시코의 결혼 시기는 정확하게 알 수 없다. 요시코의 편지를 보면 "10년 하고 하루"라는 다소 문학적이고 상징적인 시간이 많이 사용하였다. 이것은 첫 만남부터 자신들의 미래를 함께할 사이였음을 짐작할 수 있다.

그 후, 박재성은 작가로서 놀라운 재능을 펼쳐 보였다. 당시 조선인으로 동경제국 출신의 문예지인 『적문(迹門)문학』에 작품을 발표하기 쉽지 않았다. 그럼에도 불구하고 그는 1942년에 「만추」(전4막), 1943년에는 「왕관」을 발표했다. 요시코는 박재성의 문학의 지원자로 적잖은 기여를 하였음을 알 수 있다. 광복 이전, 한 차례 박재성은 요시코를 데리고 고향 통영을 찾았다. 그녀는 그곳에서 그들과 정식 가족 관계로 이어질 수 있었다. 요시코는 그녀의 편지 속에서 당시의 추억을 회상하고 있다.

온화하고 상냥한 그리운 어머니.

나는 어머니께서 돌아가셨다는 것이 믿기지 않아요. 항상 삼성과 장난치고 다툼을 해서 안마당을 뱅글뱅글 돌게 하기도 했죠. 그 모습을 보신 어머니는 큰 몸을 흔들면서 웃으시곤 하셨죠.[6]

1947년 1월 무렵 박재성에게 온 답장에는 통영의 어머니의 부음이 담겨져 있었다. 요시코는 광복 전 통영에서 자신을 다정하게 대해 주시던 재성의 어머니를 떠올리며 그곳에 가지 못한 자신에 대한 책망과 통영 가족에 대한 그리움을 담고 있다. 광복 이후 일본인 아내 요시코는 자신의 나라로 건너가 박재성이 자신을 찾아와 한국으로 데려다주기를 원했다. 그 기다림의 시간이 요시코의 편지 속에 고스란히 담겨져 있다.

요시코[7]는 북해도 할머니 댁에서 1946년 겨울과 1947년

---

6) 요시코의 편지, 1947. 2. 8.
7) 요시코의 편지에는 그녀의 아버지는 돌아가셨고, 어머니는 동경에서 상업을 하시는데, 자유주의적 성격을 지녔다고 기술하고 있다. 그리고 형제로는 요시코, 미치코(기혼), 에이코(하버드생), 히로미치(중학생, 남동생), 와다코(초등4학년)가 있다. 요시코는 1남 4녀 가운데 장녀이다.

봄을 보낸다. 그녀의 편지 속에는 때로는 답장을 빨리 써주지 않는 남편에게 귀여운 투정도 부리지만 한결같이 재성의 문학적 지지자로 격려했다. 그녀는 1947년 초여름 동경으로 돌아와 박재성을 기다렸다. 한편, 박재성은 이 시기 가장 왕성한 문학적인 활동을 보였다. 그는 통영중학교에서 국어교사로 교원생활을 하면서 문학 활동의 폭도 넓혀가고 있었다. 그는 광복 직후, 통영문화인협회의 결성인으로 참가하기도 하고 극작가로서의 뛰어난 면모를 펼쳐 보이기도 했다.

그러나 박재성은 일본에서 자신만을 기다리는 아내 요시코에 대한 애정을 놓치지 않았다. 마침내 1947년 여름, 박재성은 여름방학을 맞이하여 밀선을 타고 동경에 있는 요시코를 찾아갔다.8) 하지만 둘은 다시 밀선을 타고 통영

---

8) 통영 지역 신문에서는 박재성의 생몰 연도가 1914년에 태어나 1947년에 사망한 것으로 기재되어 있다. 그리고 통영문학사에서는 그의 생몰연도를 1916년에서 1948년으로 기록되어 있다. 박재성의 생몰연대를 다시 기술해야 될 필요성을 느낀다. 글쓴이가 발굴·번역한 요시코의 마지막 편지는 1947년 8월이고, 이들은 곧 만날 것을 얘기하는 부분이 있다. 요시코의 편지 상황을 개연성 있게 들여다보면 박재성은 1947년 여름방학에 동경으로 간 사실이 분명하다. 따라서 지금까지 글쓴이가 정리한 박재성의 생몰연도는 1915년 통영읍에서 태어나 1947년 현해탄에서 세상을 떠난 것으로 보인다.

으로 돌아오던 중 현해탄에서 풍랑을 맞아 세상을 떠나고
말았다.[9] 박재성의 빛나는 작가의 꿈도, 요시코의 가슴 아
픈 사랑도 바다 깊이 가라앉고 말았다.

3. 요시코의 편지 속에 담긴 현실

이 글의 연구 대상인 요시코의 편지는 1946년 10월 1일
에서 1947년 8월 25일까지 기록이다. 그녀의 편지 대부분
이 북해도에서 작성된 것이다. 요시코는 재성을 기다리다
어머니와 다투기도 했다. 그래서 1946년 11월 할머니가 계
시는 북해도로 여행을 떠났다. 그곳에서 친척들과 상의해
서 한국으로 갈 수 있는 길을 찾고 있었다. 이듬해인 1947
년 5월 다시 동경으로 와서 재성을 기다렸다. 이 과정 속에

---

9) 이들의 죽음과 함께 회자되는 것이 동행한 네 살 아들에 관한 것이다. 하지만
요시코의 편지를 보면 박재성과 사이에 태어난 아이 이야기는 없을 뿐만 아니라
자신은 아직 모성이라는 감정을 모르는 여인으로 표현하고 있다. 또한 그녀의
편지 속에는 훗날 자신과 재성 사이의 아이가 태어난다면 '어떻게 생겼을까?'
하고 상상하는 부분이 나온다. 짐작컨대 네 살 된 아들은 다른 이들의 부탁을
받고 한국으로 같이 동행한 것이라 추측할 수 있다.

서 일본인 아내로서 한 작가의 아내로서의 그녀가 안고 있는 현실세계를 고찰하고자 한다.

1) 차분한 일본의 풍경과 요시코의 기다림

제2차 세계대전의 패망 이후, 일본은 미군정의 아래 경제상황은 피폐화되었다.[10] 여러 가지 사회·정치적 문제로 경제는 악순환의 연속이었다. 하지만 요시코의 눈으로 본 일본은 조용했다. 그녀의 편지 속에는 그녀의 일상과 재성에 대한 그리움으로 가득 차 있다. 아마도 일본의 답답하고 시끄러운 현실과 그 속에 자리 잡은 자신의 처지를 한꺼번에 묻고 싶은 마음이 컸으리라 짐작할 수 있다.

---

10) 미국은 일본이 점령 주도권을 행사하는 과정에서, 천황을 비롯한 중앙정부기구의 해체 없이 이들을 통한 간접통치 방식을 채택하였다. 전후 일본은 영토의 44%를 상실하였고, 생활설비가 소멸되었으며, 전쟁으로 인해 국토가 극도로 황폐해져 식량 위기를 겪었다. 한편 과거 일본군 점령 지역에서 무려 700만 명이 넘는 복귀병사와 해외 귀환자가 본토로 돌아오면서 엄청난 실업문제를 야기하게 되었다. 게다가 주요 자원인 석탄과 수자원의 생산이 노동자의 생산 의욕 급락으로 이어져 탄갱의 생산 기능이 마비되어 철강생산, 철도운송 관련 사업 등 에너지와 식량 부족이 심각해졌다. 그에 따라 악성인플레이션이 발생해 사회·경제적으로 거의 파탄 상태에까지 이른 상황이었다.

실내에서 "복은 집안으로"라고 말하면서 콩을 뿌리고 실외에는 "악귀(도깨비)밖으로 도깨비의 눈알을 뽑아버려."라고 외치는 거죠. 그리고 자기 나이만큼 콩을 먹는 거예요. 난 나이를 먹는 게 싫으니깐 20개의 콩알만 먹고 그만 뒀어요.

그리고 그 다음은 점심밥을 먹고 할머니께 용돈을 받고, 이치가와 우타에몬의 '창춤 53차'라는 영화를 보러 갔어요. 상투와 두 자루의 검을 든 무사가 등장했지만 옛날 영화처럼 억지로 충성을 강요하는 것은 아니었어요. 봉건적 무사 집안인 인간의 자유도 권리도 없었던 진상의 일부분을 신분이 낮은 인부가 창을 들고, 사랑과 익살 등을 잘 넣어 폭로한 명랑한 영화였어요. 일본 영화도 최근에는 시대에 영향을 받아 암울한 것은 없습니다.11)

인용 편지글은 1947년 일본의 절분12)날의 일상을 담아 소식을 전하고 있다. 절분은 일본에서 입춘 전날을 가리킨

---

11) 요시코의 편지, 1947. 2. 6.
12) 절분 밤에는 가정에서 '마메마키(豆まき)'라 하여 콩을 뿌리고, '오니는 밖으로 복은 안으로(鬼は外, 福は内)'라는 말을 외치며 집안에 뿌린 콩을 자신의 나이만큼 주워 먹는 행사를 한다.

다. 해에 따라 다르지만, 대부분 2월 3일 전후이다. 그녀는 절분 날 풍습을 담담하게 전하고 있다. 하지만 오후 일본 영화를 감상하고 나서 전하는 그녀의 어투에서는 전후의 일본 문화의 동향을 비판적인 목소리를 담아 전하고 있다. 그녀는 일본 영화에 대해서는 "미국 영화나 소련 영화처럼 아직까지는 앞길이 멀게만 느껴진다."며 박재성에게 훌륭한 시나리오를 써 주길 바라고 있다. 그녀의 모든 일상은 박재성과 연결되고 있다.

> 오늘은 기원절(건국기념일)입니다. 옛날 기학의 번복으로 이 축일 슬프게 생각하면서 회고했습니다. 이것은 내 감상이 외는 아무 것도 아닌 시절의 슬픔에 지나지 않지만……
> "사랑은 다정한 들판의 꽃이요"라고 노래를 부르며 오늘도 외로운 황혼이 오는군요.
> 나의 머릿속은 천 갈래 만 갈래로 흐트러져 갑니다.
> 나의 사랑하는 재성. 제발… 편지를 많이 써 주세요. 방자는 죽을 듯이 외롭습니다.[13]

---

13) 요시코의 편지, 1947. 2. 12.

일본에서 2월 11일은 건국기념일이다. 일본이 건국된 날로 초대 천황인 '진무(神武)천황'이 즉위한 날이다. 제2차 세계대전 전에는 '기원절(紀元節)'이라고 하여 봉축행사뿐만 아니라 식민지 정책의 정당화를 꾀하기 위하여 여러 정책과 거대한 행사가 치러졌다.[14) 하지만 전쟁 패망국의 건국 기념일은 초라할 수밖에 없다. 이 쓸쓸한 건국기념일의 마음과 요시코의 마음은 일치했다. 요시코의 황량할 수밖에 없는 외로움이 절절하게 묻어나는 편지이다.

북해도의 생활은 인생의 좋은 경험과 공부가 되니까 염려하시지 마세요. 왜냐하면 숙부님의 동료분들이 있는 곳에 가끔 방문해서 사회 관념이라는 걸 배웠기 때문이에요. ……
이전에 직장 여성의 좌담회에 갔었는데, 발언권이 없어서 가만히 듣고만 있었어요. 뒤에서 "어쩜 이렇게 아름다운 사람이 차갑고 쓸쓸한 얼굴을 하고 있나요?"라며 말을 걸어왔어요.

---

14) 일본의 식민지 정책과 태평양전쟁이 한창인 1940년에는 '건국기념일'을 맞아 거대한 봉축행사를 치렀다. 일본의 고위 간부뿐만 아니라 만주국의 '부위'가 참석하고 우리나라의 정치문화계의 거물들이 참석하여 일본 황제 찬양을 부르짖었다. 게다가 이날은 황국신민화를 내걸어 '창씨개명'을 합법화시킨 날이기도 했다.

난 나의 진짜 모습을 보이고 만 것 같아서 흠칫 놀라 "하하하" 웃어 버렸습니다.[15)]

한편, 요시코는 북해도 지역에서 열리는 '직장 좌담회'나 '직장 댄스' 동아리에 참석하기도 하고 어린 아이들과 어울려 지내기도 했다. 이 모든 행동은 박재성에 대한 그리움을 잠시나마 잊기 위한 것들이었다. 그녀는 주위 사람들에게는 언제나 밝고 명랑했지만 가끔씩 그늘진 모습이 보이기도 했다. 때로는 박재성의 편지를 받고 아이처럼 우는 모습이 편지 속에 담겨져 있다. 이처럼 그녀의 편지 속에 일본의 풍경은 북해도의 차가운 날씨처럼 차분하고 냉랭했고 그녀의 기다림도 쓸쓸하기만 했다.

2) 그리운 통영 묘사와 이방인의 마음

요시코의 편지 속에는 박재성을 그리워하는 만큼 통영의 가족들에 대한 애정을 드러내기도 했다. 특히 박재성의

---

15) 요시코의 편지, 1947. 2. 22.

형인 유성에게는 존경심을 드러내기도 하고, 막내 삼성과
는 친한 친구처럼 살갑게 대하기도 했다.16) 그리고 통영
부둣가의 모습과 풍물들도 정답게 묘사하고 있다. 그녀의
편지 속에는 박재성에 대한 애정을 통하여 그의 가족과
'통영'이라는 장소마저 그리워하는 대상이 되어 나타난다.

반찬을 먹으려고 집었는데 생선인 대구였습니다. '대구'라
는 생선을 보니 통영의 큰 조선 시장에서 빨간색 고추와 마늘
을… 당신과 함께 보냈던 봄의 국화향기, 배추와 불고기를 먹
던 일, 요리를 하던 일들을 연상하곤 합니다.17)

어느새 나도 모르게 상상의 세계로 빠져들어 마음을 뺏겨
버렸어요. 주위에 둘러 쌓인 산들은 마치 통영의 항구의 건너
편 강가로, 산기슭의 등불은 통영에서 본 등불로, 그리고 광야
는 창망한 바다로.18)

---

16) 실제 요시코는 박삼성에게 열다섯 통의 편지를 받고, 직접 박삼성에게 답장을
    썼다. 그녀는 1947년 3월 26일 삼성의 편지를 받고 즐거움과 함께 마음의 고향
    통영으로 빨리 가고 싶다는 내용을 담아 답장을 썼다.
17) 요시코의 편지, 1947. 2. 11.
18) 요시코의 편지, 1947. 5. 27.

요시코의 박재성에 대한 애정은 단지 한 번밖에 가 본 적이 없는 통영을 마음의 고향으로 만들어 놓았다. 이색적인 낯선 항구 통영은 이미 그녀의 마음속을 지배하는 성이 되어 버렸다. 하지만 그녀는 편지 속에 통영에 대한 그리움만 펼쳐내지는 않았다. 그녀는 편지에 잊지 않고 박재성의 작가로서의 건승을 빌기도 하고, 때로는 현실에 안주하려는 박재성을 나무라기도 했다. 그리고 그의 가족을 살뜰히 챙기는 자상한 여인이기도 했다.

그런 그녀에게도 두려움이 있었다. 그녀는 일본의 모든 가족을 버리고 낯선 땅 한국에서 일생을 보내야 했다. 한일 관계가 정상화되기까지는 아직 한국의 정세가 녹록치 않았다. 평생 그녀의 어머니와 형제들을 볼 수 없을 수도 있었다. 게다가 한국에서의 생활에도 불안했다. 이미 결심하고 있었지만 가난한 작가의 아내로 살아야 하며 요시코를 이방인으로 바라보는 사람들의 날카로운 눈초리도 짐작할 수 있었기 때문이다.

설령 하루밖에 살 수 없다 해도 그 생명을 걸고서라도 당신이 있는 겨울로 가고 싶은 심정입니다. 믿어 주세요. 그리고 요시코의 성장 이야기를 들어주세요.

조선에 가서 고난의 생활은 난 잘 모릅니다. 나는 일본인입
니다. 당신이 힘든 생활을 할 때, 난 반부르주아처럼 세상 물정
도 모르고 편안히 자랐습니다. 일본이 조선에 한 사실을 이제
야 확실히 알아 버린 겁니다. 당신을 십 년하고도 하루나 괴롭
혔다는 것도 나를 약하게 만드는 이유입니다. 나는 진심을 갖
고, 사랑하는 마음으로 나의 진정을 알아줄 때까지 독설에도
구타에도 견뎌낼 것입니다.[19]

인용 편지 속에서 박재성이 있는 곳은 북해도보다 더
추운 '겨울'로 나타내고 있다. 이 겨울은 요시코가 낯선 이
방인으로 살아야 하는 곳이기도 하다. 그곳의 생활과 풍습
뿐만 아니라 모든 환경적 요소들이 그녀에게는 혹독한 겨
울일 것이다. 특히, 일본인이라는 편견과 주위의 눈초리를
견뎌 내야만 했다. 하지만 그녀는 독설과 구타가 있다 하더
라도 박재성이 있는 곳으로 가기를 원한다. 그녀는 모든
것을 이겨내고 박재성의 뮤신이 되기를 자처했다.

---

19) 요시코의 편지, 1946. 12. 30.

이처럼 요시코의 편지 속에는 무한히 변함없는 박재성에 대한 신뢰와 사랑으로 가득 차 있다. 그녀의 모습은 마치 자신의 내면세계를 깨치고 새롭게 탄생하는 생명과 같다. 그 속에서 일본의 풍경과 한국의 통영의 모습은 대조를 이루고 있다. 일본은 얼음의 정적이 가득한 세계로 그려져 있고, 한국은 두렵지만 그리움의 대상으로 표현되고 있다.

4. 마무리

부산·경남 지역을 중심으로 지역문학에 대한 본격적인 연구가 시작된 지 스무 해가 지났다. 그 사이 학계에서 많은 담론이 쏟아졌고, 지역 작가와 그 작품들이 새롭게 발굴되는 등 다채로운 업적이 쌓였다. 그럼에도 불구하고 아직까지 삶의 발자취와 문학적 행보가 갈무리 되어야 할 작가들이 더러 빠져 있다. 그 가운데 한 사람이 통영 출신 극작가 박재성(1915~1947)이다.

본 연구에서는 극작가의 박재성의 삶과 문학 연구의 기초가 될 수 있는 그의 아내 요시코의 편지글 속에 담긴 현실세계를 들여다보았다. 박재성과 요시코는 1936년 일본 동경의 무사시 공원에서 만나 그들의 사랑을 키워갔고 부부의 연을 맺었다. 광복 직후, 한일 관계가 악화되면서 그들의 각각 한국과 일본에 떨어져 지내야만 했다. 그 당시 그들은 편지로 서로에 대한 사랑과 믿음을 편지로 주고받았다. 그 가운데 아내 요시코가 1946년 10월에서부터 1947년 8월까지 박재성에게 편지를 썼다. 그리고 박재성은 1947년 방학을 맞아 밀선을 타고 동경으로 갔다. 하지만 이들은 한국으로 돌아오는 현해탄에서 풍랑을 맞아 사망하고 말았다.

먼저 요시코는 그녀의 일상 속에서 언제나 박재성에 대한 그리움을 담아냈다. 패전 이후 냉담하고 차분한 일본의 정세와 황량한 자신의 마음을 동일시하였다. 하지만 박재성의 문학에 대한 열정이 식지 않도록 변함없이 지지하고 있었다. 다음으로 일본의 풍경과 다르게 박재성의 고향인 통영의 모습은 언제나 그리운 곳이었다. 그리고 요시코는 자상한 여인이기도 했다. 박재성의 문필에 응원의 힘을 보내는가 하면 재성의 가족도 살뜰히 챙기기도 하였다. 하지만 한국에서 생활에 대한 이방인으로서 두려운 마음도 표

방하기도 했다.

이렇듯 광복 직후에 작성된 요시코의 편지 속에는 박재성에 대한 변함없는 사랑과 신뢰가 묻어져 있다. 앞으로 요시코의 편지를 통해 국경을 초월하여 문학의 열정을 함께한 박재성과 요시코의 사랑을 헤아리는 계기가 되기를 바란다. 더 나아가 박재성의 삶과 문학에 대한 연구가 뒤따라야 하며 그의 극작품 발굴에도 힘써야 할 것이다.

본명: 박재성(朴在成)

1915년 3남 2녀 가운데 차남으로 통영에서 태어남. 장남 박유성, 차남 박재성, 삼남 박삼성 장녀, 차녀(가운데 한 명은 박미라, 모두 누나)

1930년대 중반 동래고등보통학교 졸업(추정). 일본 동경으로 유학 호세이(법정)대학 불문과 입학(추정). 문학 창작에 뜻을 두고 습작기를 보냄.

1936년 일본 동경에 있는 길상사에서 일본인 아내 테라오 요시코(寺尾芳子)를 만나 첫 눈에 끌리어 연인 관계가 됨.

1940년 당시 동경 유학생 김춘수, 김홍석, 이복선, 허창언 등과 교류하며 샤를 빌드락의 「상선 테나시티」를 가지고 연극 연습을 하나 일제의 허가를 받지 못함.

1941년 요시코와 결혼(추정). 6개월 정도 고향 통영에 머묾. 당시 요시코의 신식패션이 통영에서 화제가 됨.

1942년 통영에서 장편 희곡 「만추」를 집필. 장편 희곡 「만추」를 동경대학 출신 문예지 『적문문학』(1942년 5~6월호)에 발표.

1943년 희곡 「왕관」을 『적문문학』에 발표(추정).

1945년 6월 6일 박재성 작 『애정무한』(유치진 연출, 김영일 장치) '현대극장', '약초극장'에서 공연.
8월 13일 박재성 작 『비둘기』(유치진 연출) '약초극장'에서 공연. 이 시기 유치진의 영향 아래 부왜극에 동조함.

8월 15일 이후 고향 통영으로 내려와 '통영읍 상동리 204번지' 김병호 씨의 집에서 지냄.

9월 '통영문화인협회'(발기인 류치환, 김용기, 전혁림, 박재성, 정명윤, 윤이상, 김상옥, 김춘수 등) 결성의 중심에 서다. 그 후 국문 강습회, 무산 아동을 위한 야간학교에서 향토계몽운동에 앞장 섬.

12월 소인극단 '문인극회'를 결성하여 박재성 작 「여성참정권 시비」(박재성·김용기 공동연출) 공연.

1946년 1월 무렵, 박재성의 어머니 돌아가심. 통영고등중학교(현 통영중학교) 국어교사로 부임.

소인극단 '문인극회'가 '연극부락'으로 명칭을 바꾸고, 봉래극장을 접수하여 공연을 이어나감. 봉래극장 당선기념작 박재성 작 「호풍」을 무대 올림. 「호풍」은 광복 직후 대중들의 인기를 얻어 마산 등지에서 초청 공연을 함.

통영공립고등여학교(현 통영여자중학교) 학예 기념작 뮤지컬 형식의 「불어라 봄바람」을 창작 공연에 올림.

1947년 창작 희곡 「늪속에 햇빛 비치더라」를 집필하여 공연.

8월 하순 여름방학을 이용하여 일본에 두고 온 아내 요시코를 데리고 오던 중 대마도 부근에서 풍랑을 맞아 사망.